唐五言近體詩選

孫望　編

创于1897
商務印書館
The Commercial Press

青年時代的孫望先生（一九三七年）

孫望先生與常任俠（前左）、艾青（前右）、林咏泉（後右）合影（一九三八年）

孫望先生在書房（一九七〇年代）

晚年的孫望先生（一九八八年）

顏真卿

顏真卿、字清臣，京兆長安人，開元二十二年進士及第，歷仕玄宗、肅宗、代宗諸朝，封魯國公。李希烈陷汝州，盧杞奏遣真卿往諭，拘留累歲，不屈而死。

竹山連句題潘氏書堂

顏真卿　陸羽　李萼　裴修　康造　湯清河
清晝　陸士修　房夔　顏粲　顏顓　顏須
韋介　李觀　房益　柳淡　顏峴　潘述

三長物齋叢書本顏魯公文集卷十二載此十八人連句詩，為全唐詩所未收。是集系寧鄉黃本驥所編訂，湘陰蔣環參校。今即自該集錄存之。

竹山招隱處，潘子讀書堂。真卿　萬卷皆成帙，千竿不作行。陸羽　練容飡沆瀣，濯足詠滄浪。李萼　守道心自樂，下帷名益彰。裴修　風來似秋與，[illegible]陽。[illegible]造 [illegible]近，[illegible]長。[illegible]河 [illegible]

，野圃試條桑。清晝 巾折定因雨，履穿寧為霜。陸士修 解衣垂蕙帶，
拂席坐藜牀。房夔 檐宇馴輕翼，簪裾染眾芳。顏粲 草生還近砌，藤長
稍依牆。顏顓 魚樂憐清淺，禽閑意頡行。顏須當作頏行 空園種桃李，遠
墅下牛羊。韋介 讀易三時罷，圍棊百事忘。李觀 境幽神自王，道在器
猶藏。房益 晝歡山僧茗，宵傳野客觴。柳淡 遙峯對枕席，麗藻映縑緗
。顏峴 偶得幽棲地，無心學鄭鄉。潘述

連句詩後有黃本驥案語曰：連句、即聯句也。裴修、前梁
縣尉；康造、會稽人，推官；湯清河、太理評事；房夔、
河南人；顏粲、魯公族人；李觀、字元賓，趙郡贊皇人，
洛陽丞，遷太子校書郎；房益、河南人，詹事司直，湖州
志作武康人，官監察御史。
此詩全唐詩未載，據石刻本補錄。
望案：陸羽、字鴻漸，曾撰茶經三卷。李萼、字伯高，趙
人，擢制科，歷官廬州刺史。清晝、即釋皎然，吳興人，
本姓謝氏。陸士修、嘉興縣尉。顏顓、顏須、並真卿族姪
。顏峴、真卿兄子。餘不可考。

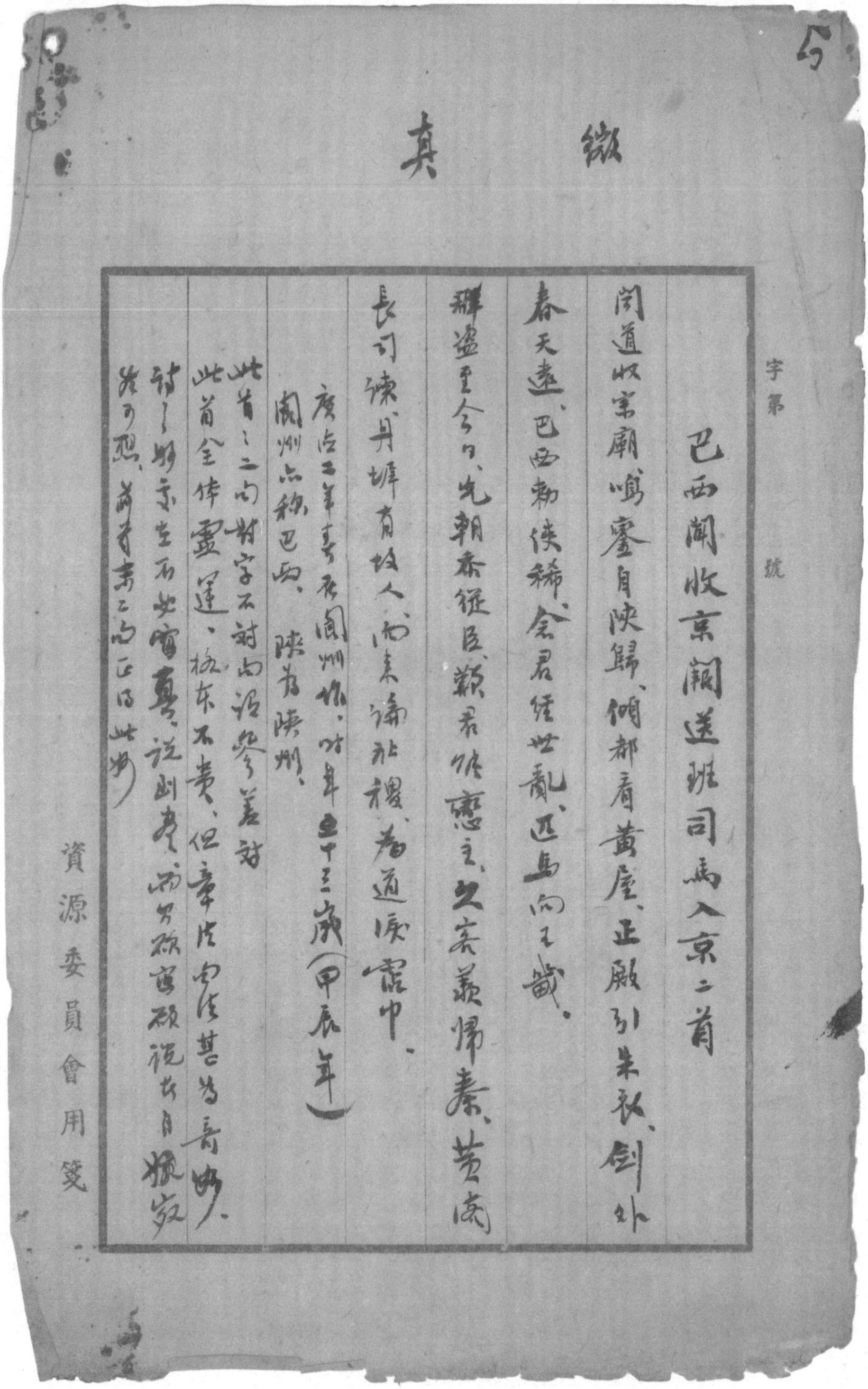
巴西聞收京闕送班司馬入京二首
聞道收宗廟、鳴鑾自陝歸、傾都看黃屋、正殿引朱衣、劍外
春天遠、巴西勅使稀、念君經世亂、匹馬向王畿。
羣盜至今日、先朝忝從臣、歎君能戀主、久客羨歸秦、黃閣
長司諫、丹墀有故人、向來論社稷、為話涕霑巾。
廣德二年春在閬州作、時年五十三歲（甲辰年）
閬州亦稱巴西、陝為陝州、
此首之二句對字不對句語參差善對
此首全体靈運、格亦不貴、但章法安排甚為高妙、
詩之妙處在不安實處、說到盡處而另取實頌說出自擬寂
故可想、前首末之句正同此妙
字第 號
資源委員會用箋

孫望先生手迹

序言

史雙元

孫望先生選編手録的《唐五言近體詩選》在他仙逝（一九九〇）二十多年以後即將由商務印書館影印出版。當下，我們尤其需要「坐得住冷板凳」的爲學方式，需要踏實整理國故的「樸學」精神，需要記住那些承前啓後的優秀文化學者，需要爲那些有價值而非流行的重要文獻提供出版機會。

這本書屬於「清水白石羹」（見南宋林洪撰《山家清供》）式的有機産品，没有注釋，甚至没有加入詩人小傳，只是選擇了一千多首唐代五言近體詩，原汁原味原生態呈現。在人工智能生成的文字、圖像、視頻可以以假亂真的時代，天花亂墜不難，添枝加葉不難，純古典呈現倒是一種難得的「清凈」狀態，是讀古典、做學問的好材料，浸潤其間能獲得古典詩歌原生態「真味」。

五言詩句起源很早，《詩經》時代即已出現。如《詩經·豳風》中《七月》篇就有五言句式：「九月築場圃，十月納禾稼。」兩漢詩歌經歷了由雜言向五言轉變的過程。東漢時期，樂府民歌中的五言詩興盛起來，語言藝術也趨於成熟，如《陌上桑》、《上山采蘼蕪》、《江南》（「江南可采蓮」）、《長歌行》（「青青園中葵」）等。五言民歌的流行，引起了當時文人的注意，文人也嘗試着進行五言詩的創作，五言詩逐漸成爲一種新的詩體流行起來，并在漢末魏晋時期取代四言詩，成爲詩歌創作的主要形式。

劉勰在《文心雕龍·明詩》中説：

暨建安之初，五言騰踴，文帝、陳思，縱轡以騁節；王、徐、應、劉，望路而爭驅；并憐風月，狎池苑，述恩榮，叙酣宴，慷慨以任氣，磊落以使才。造懷指事，不求纖密之巧；驅辭逐貌，唯取昭晰之能。

南朝鍾嶸的《詩品》是以評論五言詩爲主的專著，共品評詩人一百二十二人，可見當時五言詩的發展盛況，確實已經「居文詞之要」。南北朝時期，一批對漢語聲韻變化之妙有切身體會的詩人如沈約、謝朓、王融等，開始了調諧詩歌格律的理論和創作實踐，并共創了聲律齊整的「永明體」。五言詩自此走向韻律規範化的寫作，在唐初形成了近體詩。

五言古詩和五言近體在寫作内容和表現物件的選擇上并没有大的區别，其區别主要在形式上——詩句之篇幅、押韻、對仗、平仄等。五言古體的篇幅没有具體要求，可以四句、六句、八句、十句，甚至更多。五言近體詩簡化爲三種格式：四句體爲「五絶」；八句體爲「五律」；超過八句的律詩稱爲「長律」，又叫「排律」，如杜甫的《贈衛八處士》《風疾舟中伏枕書懷三十六韻奉呈湖南親友》，白居易的《代書詩寄微之》竟長達一百韻，韓愈、孟郊等采用聯句形式演爲五律長篇，如《城南聯句》長達一百五十四韻。

韻是詩歌格律的基本要素之一。從《詩經》開始，稱爲「詩體」（嚴羽《滄浪詩話》）的文學形式没有不押韻的。五言古體詩的押韻比較自由，五言近體詩的押韻規則很嚴格：一首詩限用一個韻；第一句可以用韻或不用韻，其餘部分都是偶句用韻；韻脚的字不能重複。而且近體詩主要用平聲韻。由於五律多在二、四、六、八句四處用韻，所以習慣上稱爲「四韻詩」。如杜甫的《春望》、杜荀鶴的《山中寄友人》等。

對仗作爲中國詩歌的一個顯著特點，早在先秦時期就已出現，并且存在於詩歌的發展歷程中。如《詩經·小雅·采薇》中的「昔我往矣，楊柳依依，今我來思，雨雪霏霏」，已有對仗模樣；《古詩十九首》中的「青青河畔草，鬱鬱園中柳」「胡馬依北風，越鳥巢南枝」就是很自然的對仗，也是天生好句子。但這種現象往往是偶然的，并非作者刻意爲之。從西晋陸機開始，文人有意追求語言整飭、句式對仗，陸機之後的潘岳、謝靈運、謝脁、庾信等人繼承并發展了這種風格，對仗越來越求工整。南朝時駢文盛行，駢儷、排偶等技巧日漸成熟，也影響了詩歌的語言審美要求。五言古體詩在對仗上没有具體要求，但五言律詩要求頷聯、頸聯對仗。大致來説，五言律詩從五言古詩中繼承了一部分形式，比如每句五個音節、兩句一組、總的句數爲偶數，同時增加了對偶和平仄的規則。

近體詩的定型主要是由唐初的沈佺期（七言近體詩爲主）、宋之問（五言近體詩爲主）完成的，他們在沈約等人創制「永明體」的基礎上進行了修改和提煉，近體詩在盛唐時期達到成熟。五言近體詩的成熟與流行，對漢民族具有重要而深遠的影響，可以説，諸多五言詩歌名句形成了我們華夏民族對生活的理解和人格的塑造：

「海内存知己，天涯若比鄰」，我們重視朋友情誼；

「朱門酒肉臭，路有凍死骨」，我們反對恃强凌弱，追求社會平等；

「舉頭望明月，低頭思故鄉」，即使遠走他鄉，尋找生活，我們也要帶上一抔故土；

「夜來風雨聲，花落知多少」，我們是一個愁風惜花、富於憂患意識的民族；

「夕陽無限好，只是近黄昏」，我們是一個接受悲傷的生存環境，但可以轉化爲審美趣味的民族。

以唐代五言律絶爲代表的近體詩，成了中國人人生啓蒙的基本教材，成了中國人交往的思維依據，可以説，没有一種文學體裁像五言近體詩這樣對中國人民族性格的形成起到了奠基性的作用。雖然也有學者認爲，近體詩的形成與隨着佛教經典來華的梵語音韻學的影響有關，但除了外在的音韻格律，五言近體詩還有更深層的中國文化的内在「音韻」。漢民族一直追求對稱、平衡，追求不偏不倚、守正求真，近體詩是詩化的民族審美的具象。漢語是有聲調的語言，是天生起伏抑揚的「美聲」語言，近體詩完成了平仄協調的内在節奏的規定，保持了詩歌、文學的節奏感，進而影響了我們生活步履的情意選擇。五言近體詩講究押韻，偶句結尾是韻脚處，率押平聲韻。這種任你千變萬化、結尾一律歸爲平聲的模式，無形中培養了張弛有致、萬水朝宗的追求平和演進的意識。在吟哦朗誦之中，一舉手，一投足，平和之氣充盈，無怪乎古代文人大多是知書達理的平和君子。與七言近體詩相比，五言近體詩更爲内斂，没有七言的汪洋恣肆和才華横溢，知進也知退，謹慎而不至於木訥，騁才而不至於顯擺。如果有很多話要説，又不想用七律這樣的大排場，還有五言排律呢。

孫望先生作詩就偏愛五言近體，逢「重大事件」，要抒發厚重的感情，往往用五言詩來表達。如民國二十七年（一九三八）十一月十二日，孫望離開湖南前往貴州，是夜國民黨政府以「焦土抗戰」爲名，火燒長沙。他聞訊感慨萬千，作五言近體詩曰：

半夜長沙火，熏天炙月宫。瓦灰飛鄰縣，烈焰卷雲空。
焦土民何罪，棄城敵未逢。傷心三楚地，回首一墟風。

這本書是有眼光的書，是有主見的書，選編的原則是從詩歌與人生之大端出發，宗旨就是保存典故，傳承優秀，發現精華，集中呈現。其選擇標準是詩言志，歌懷民，有愛國愛民、憂國憂民情懷的詩就多選。比如，本書爲杜甫單列一卷（共一百五十七首），綜觀全書，無人可比，由此可知編者的態度。從宋代開始就有李杜之争（也是後人「瞎操心」），到本書出版可以告一段落了，先生不怕「偏袒」之議，用詩選的眼光和態度，告訴讀者：李白自然可愛，但他的天才不是人人可以生而得之，而杜甫憂國憂民的情懷是可以通過閱讀和思考逐步養成的，我們這個時代，不缺天才，缺的是「情懷」。在近體詩的發展過程中，杜甫確實起到了中流砥柱的作用。盛唐時代最能代表五律成就的是杜甫的作品。胡應麟《詩藪》内編卷四説「唯工部諸作，氣象巍峨，規模巨遠，當其神來境詣，錯綜幻化，不可端倪。千古以還，一人而已」，評價極高，也是實事求是。本書選録了杜甫的五言名篇如《春望》《春夜喜雨》《旅夜書懷》等百餘首，思想和藝術皆臻上上乘。

本書推崇杜甫，同樣推舉李白。李白的五言近體詩有韻味天成、飄逸自然的特色，本書選了四十首李白詩，是本書所選唐代五言近體詩的大宗之一。選詩包括《贈孟浩然》《渡荆門送别》《送友人》《秋登宣城謝朓北樓》等李白「主旋律」名篇，也選了《宫中行樂詞》，以保留李白生活的「真迹」。

王維的五言近體詩品相極高，詩中有畫，詩中有禪，《全唐詩》收王維詩四卷三百多首，大多是五言近體詩。本書選王維詩三十三首，包括五言名篇《山居秋暝》《終南別業》《歸輞川作》《使至塞上》等，可以説，精品都在這裏了。

本書對初唐詩歌的選擇，突出了詩人對五言近體詩的貢獻，所選篇目計有：宋之問十三首、杜審言八首、駱賓王六首、陳子昂十首、張説十首。他們都是初唐時代近體詩發展過程中的重要人物，其作品的思想性和藝術性都有可圈可點之處。本書選録宋之問詩歌十三首，主要是考慮其對近體詩發展的貢獻。仔細尋繹宋之問入選詩篇的藝術特色，可以看出，他雖然生活在初唐，但其詩歌藝術已經達到了盛唐時期成熟近體詩的高度。

本書對盛唐到中晚唐之間的諸多「年度詩人」也提供了足够的詩選分量，劉長卿選了四十首，韋應物十八首，岑參四十首，李端三十首，司空曙二十四首，王建二十八首。這和傳統文學史給予這些詩人的分量是有很大差异的，如此「反傳統」，給編寫唐代詩史提供了新的視角和資料。遺憾的是，先生一輩子爲後學做嫁衣裳，晚年在爲他人審閲書稿時遽然離世，没來得及圓滿完成本書的選編，還有晚唐部分詩人的作品没有入選，如李商隱、温庭筠，但從本書的詩作選擇中，已經能看出選編的宗旨，看出唐代五言近體詩的發展脉絡。

可以説，此選本不僅僅是爲了讓讀者學習近體詩的平仄對仗，以期通過涵咏格律獲得寫近體詩的「感覺」，更多是選擇「有意義」的近體詩，選擇有教育意義和人格涵養意義的優秀詩篇，以弘揚古典文學中的正能量。

本書采擇的許多優秀詩歌，是過去没有被發現或者没有被重視的。如《全唐詩》收宋之問詩三卷近二百首，絶大部分是律詩。可能是考慮到宋之問的人品不怎麼出彩，傳統詩選也大多鎖定宋之問的《題大庾嶺北驛》和《度大庾嶺》兩首，反復選用，老生常談，好像宋之問的詩歌到此爲止，最多外加《新年作》兩句：「老至居人下，春歸在客先。」雖然這幾首詩也能體察詩人被貶嶺外時的黯淡心境，但對宋之問在律詩發展中的地位缺少感性認知。本書所選宋之問詩歌超越庸常和成見，雖然没有大批選讀，但從所選詩作可以看出宋之問的近體詩水準已經相當高，應當讓他「出列」，讓讀者高看他一眼，以瞭解他在近體詩發展過程中的重要地位。如宋之問《泛鏡湖南溪》：

乘興入幽棲，舟行日向低。岩花候冬發，穀鳥作春啼。
沓嶂開天小，叢篁夾路迷。猶聞可憐處，更在若邪溪。

詩的頸聯「沓嶂開天小，叢篁夾路迷」，對仗之純熟，摹物之精工，已見盛唐杜詩面貌。又比如《送杜審言》一詩云：

卧病人事絶，嗟君萬里行。河橋不相送，江樹遠含情。
别路追孫楚，維舟吊屈平。可惜龍泉劍，流落在豐城。

頷聯對仗工整而别具飄逸之氣，「河橋不相送，江樹遠含情」借景抒情，不粘不滯，隱約開太白五律之先聲。

以上僅僅是舉例評點，相信讀者會從這本書中發現更多有價值的材料。

作爲孫先生的學生，我還想比較全面地介紹一下孫先生的「身份」、成就和爲人，知人論書，可能會有助於讀者與本書産生情感連結。孫望先生是著名的詩人學者，早在民國時期，先生在金陵大學中文系讀書時，就和同學程千帆及校外友人汪銘竹、常任俠等組織了詩社「土星筆會」，從事新詩創作，出版期刊《詩帆》。孫先生自己出版過《小春集》《煤礦夫》等詩集。程千帆先生曾有詩《題止畺（孫望之字）小春集》曰：

> 晝夢吹香兩未知，人天何地著相思。
> 白門裙屐風流盡，贏得孫郎一卷詩。

對於孫先生的定位，如果能讓他選擇，我相信他還是願意做個學人、學者。他在擔任南京師範大學（原南京師範學院）中文系主任期間，幾次要求讓賢，甚至要求把自己的三級教授降爲四級教授，全身心做學問，但學校考慮到工作需要，没有同意，他還因此在「文革」中被打成了「反動學術權威」，飽受磨難。

孫先生做學問的特點是千錘百煉，言必有據，他崇尚「樸學」之風。所謂樸學，又叫乾嘉樸學，本指上古樸質之學，泛指儒家經學的研究整理，延伸爲古籍校勘、注疏、輯佚等整理工作。梁啓超説過：其治學之根本方法，在「實事求是」，「無證不信」。

孫先生是成就卓著的古代文學研究專家，出版有《元次山年譜》《全唐詩補逸》《蝸叟雜稿》等重要著作，特别值得介紹的是由他獨立編纂的《全唐詩補逸》。在金陵大學讀書期間，他就遍搜典籍，爬梳剔抉，編纂了《全唐詩補逸初稿》，在《金陵大學文學院季刊》一九三六年第二卷第二期發表。當時，日本漢學家、東京帝國大學教授鈴木虎雄讀了《初稿》後專門寫信給孫望，稱該書「於唐詩裨益匪淺，謹爲學界慶賀，不止以鳴私謝也」。

由於條件所限，當年的《初稿》「收詩止二百七十有奇，暫分七卷，名曰《全唐詩補逸初稿》。稱『初稿』者，蓋欲賡揚哀集，期畢功定稿於他日也」。在以後的幾十年間，先生一直在進行着這項工作，他查考了大量的典籍、方志、金石，像《永樂大典》《大藏經》等卷帙浩繁的大型典籍也都逐部查找，「積之既久，漸成卷帙」，「得詩近八百篇，厘爲二十卷」，終於完成了規模較大的《全唐詩補逸》。一九八二年，《全唐詩補逸》收入《全唐詩補編》，在中華書局出版。這項浩大的工程，耗費了先生畢生的心血，然先生并不滿足，在後記中仍感嘆：「倘假我以年，其增輯續補，願待來日。」

《日本漢詩選評》是孫望先生晚年與程千帆教授合作完成的又一部重要著作。正如其前言所説：在日本，以漢語寫成的文學作品，以詩爲盛，漢詩是日本文學，特别是日本古代文學的有機組成部分。二十世紀八十年代，中日間學術交流日益興旺，一九八一年日本愛知縣立大學副教授阪田新來南師大師從孫望先生進修中國古代文學，日本漢詩成爲經常談論的話題，孫望先生産生了編選一部《日本漢詩選評》的想法。在阪田新、清水茂、村上哲見、松岡榮志、横山宏等日本友人及日本汲古書院的鼎力相助下，獲取了大量關於日本漢詩的資料。經過多年的艱苦工作，初選五千多首，經過反復推敲、篩選，最後由主編程千帆、孫望兩位先生選定二百位詩人、漢詩四百一十三首，由顧復生、吴錦等四位先生注釋，程千帆、孫望兩位先生對入選的作家、作品進行述評、品析。《日本漢詩選評》一九八八年三月由江蘇古籍出版社出版後，很快在海内外獲得好評。中華書局原總編輯、中國唐代文學學會會長傅璇琮在《讀〈日本漢詩選評〉》（《瞭望》一九八九年第十九期）中説：「程、孫兩位先生既是淵博的學者，又是極有造詣的詩人，這就使得他們的評語簡約而雋永，既具理致，又富情韻，實是古體詩歌評論的别開生面之作。」

孫望先生一直想編一本《唐五言近體詩選》，這是他退休後最想做的一件事。當年在金大讀書時，胡小石先生有本自己選録的《唐詩絶句集》，孫望先生於此十分佩服。他一直想按照自己的眼光來選録唐人的五言近體詩。一九八八年已開始着手選録，留下工工整整抄録的七册選詩，共計選了一百五十八家一千零九十二首唐五言詩。而今此書終於出版，先生地下有知，當含笑九泉。

孫望先生也是優秀的老師，他誨人不倦，甘作人梯，對學生滿腔熱忱，對晚輩循循善誘，對中青年教師的成長關懷備至。一九八二年，南京師範學院中文系古代文學專業招收四名碩士研究生，我有幸與劉長典、肖鵬、程傑同學一起成爲孫望先生弟子，孫先生還請來程千帆先生、錢小雲先生等學術大家給我們上課。當時，孫先生住在南京天竺路一處設施簡陋，但比較幽静的小院子裏。每次上課，他都把我們讓到他的書房，給每一位學生倒好茶，然後才坐下來授課。

先生對學生可謂温情加嚴格，要求學生做學問要踏踏實實，勤勤懇懇，板凳要坐十年冷。記得曾要求我們選讀没有標點、不帶注釋的「十三經」，以培養坐冷板凳的學術習慣。先生那個書房，記憶所在，是個温暖的處所，陽光透過窗格照進來，瘦弱的孫先生，焚起幾根香，拿出綫裝書，用帶着常熟口音的普通話開始了他的講座。「此情可待成追憶，只是當時已惘然」，回憶那一段時光，回憶孫先生，是一種温暖，也是一種傷感。在隨先生讀書的時候，我們初步建立了對整個大社會的希望，對未來一輩子做學問的承諾，雖然後來我們遇到了更多的浪潮衝擊，打破了我們很多玫瑰色的幻想，但越是這樣，越是覺得那段時光在生命中最珍貴。

孫望先生長期擔任南師中文系主任，爲南師中文系的發展立下了汗馬功勞，特别是在引進專家人才方面嘔心瀝血，禮賢名士。他先後引進了詞學大師唐圭璋，中國古代文史學家段熙仲、錢仲聯、諸祖耿、楊白樺、金啓華，語言學家徐復、施肖丞、葛毅卿、張拱貴，現代文學研究專家朱彤、吴奔星、劉開榮、上官艾明、沈蔚德，文藝理論家吴調公，世界文學研究專家許汝祉等等，爲南師中文系組建了一支强大的師資隊伍。我們讀書的時候，也一直以中文系擁有著名的「十大教授」而自豪。

如果在諸多頭銜中，爲孫望先生選一個頭銜，我認爲，應該是當代儒家大師。孫先生一輩子獎掖後進，一輩子爲他人做嫁衣裳，直到最後一天、最後一刻，他還在爲博士生論文做評審工作。

這本書是幾十年前的選本，是孫望先生一輩子思考和選擇的結晶，以影印形式出版保留了本真的形態，最接近先生其人、其態、其志。這幾十年來，由於信息流通高度發達，唐詩的輯佚和辨證有了不少進步，有一些新見解、新發現先生没能看到，所以，某些詩歌有不同版本、不同作者歸屬，完全可以作爲一家之辞，讀者自可選擇、判斷。

總之，這本書的最大特色就是原汁原味地呈現古典，以「選」來表達學術理解，是我國傳統「選學」的又一代表作。

目录

卷之一 ○○一

王績 ○○一
野望
九月九日贈崔使君善爲

馬周 ○○一
凌朝浮江旅思

盧照鄰 ○○二
隴頭水
劉生

張九齡 ○○三
贈澧陽韋明府
旅宿淮陽亭口號
望月懷遠
咏燕

楊炯 ○○四
從軍行
劉生
驄馬
出塞
折楊柳
紫騮馬
送豐城王少府
送楊處士反初卜居曲江

宋之問 ○○六
江南曲
登禪定寺閣
陸渾山莊
江亭晚望
送杜審言
過蠻洞
經梧州
泛鏡湖南溪
途中寒食題黃梅臨江驛寄崔融
題大庾嶺北驛
度大庾嶺
銅雀臺

新年作
〇〇九——**崔湜**
邊愁
唐都尉山池
江樓夕望
〇一〇——**崔液**
冀北春望
〇一一——**王勃**
別薛華
重別薛華
白下驛餞唐少府
杜少府之任蜀州
仲春郊外
銅雀妓
〇一二——**李嶠**
酬杜五弟晴朝獨坐見贈
和杜學士江南初霽羈懷
送李邕
餞駱四
風
劍
〇一四——**杜審言**
和晉陵陸丞早春游望
秋夜宴臨津鄭明府宅
登襄陽城
旅寓安南
送高郎中北使
夏日過鄭七山齋
送崔融
經行嵐州
〇一六——**董思恭**
昭君怨
〇一七——**姚崇**
夜渡江
〇一七——**郭震**
塞上
〇一七——**王無競**
巫山

○一八——**崔融**
吴中好風景
○一八——**蘇頲**
經三泉路作
○一九——**徐晶**
蔡起居山亭
送友人尉蜀中
○一九——**徐彦伯**
閨怨
○二〇——**駱賓王**
西京守歲
同辛簿簡仰酬思玄上人林泉
秋日送别
送郭少府探得憂字
在獄咏蟬
陪潤州薛司空丹徒桂明府游招隱寺
○二一——**劉希夷**
送友人之新豐
餞李秀才赴舉
○二三——**陳子昂**
度荆門望楚
晚次樂鄉縣
送魏大從軍
送殷大入蜀
落第西還别劉祭酒高明府
東征答朝臣相送
送客
春夜别友人
春日登金華觀
上元夜效小庾體
○二五——**張説**
送崔二長史日知赴潞州
送王尚一嚴嶷二侍御赴司馬都督軍
岳州宴别潭州王熊
南中贈高六戩
下江南向夔州

還至端州驛前與高六別處
四月一日過江赴荊州
荊州亭入朝
深渡驛
〇二八——**李乂**
寄胡皓時在南中
〇二八——**岑羲**
餞唐州高使君
〇二九——**沈佺期**
隴頭水
被試出塞
雜詩
夜宿七盤嶺
驪州南亭夜望
〇三一——**尹懋**
秋夜陪張丞相趙侍御游㴩湖
〇三一——**張循之**
巫山高
送泉州李使君之任
送王汶宰江陰
〇三二——**鄭遂初**
別離怨
〇三三——**李澄之**
秋庭夜月有懷
〇三三——**鄭愔**
秋閨
〇三四——**李元紘**
相思怨
〇三四——**韋述**
廣陵送別宋員外佐越鄭舍人還京
〇三四——**胡皓**
出峽
〇三五——**賀知章**
送人之軍
〇三五——**康庭芝**
詠月
〇三六——**周瑀**
潘司馬別業

送潘三入京
〇三六——**談戭**
清溪館作
〇三七——**殷遙**
塞上
〇三七——**王灣**
奉和賀監林月清酌
次北固山下
〇三八——**王泠然**
古木卧平沙
〇三八——**張子容**
永嘉即事寄贛縣袁少府瓘
永嘉作
送孟八浩然歸襄陽
貶樂城尉日作
〇四〇——**萬齊融**
贈別江頭
〇四〇——**孫逖**
送李補闕攝御史充河西節度判官
送張環攝御史監南選
和常州崔使君寒食夜
宴越府陳法曹西亭
揚子江樓
淮陰夜宿
〇四二——**崔國輔**
宿范浦
〇四二——**崔珪**
孤寢怨
〇四三——**盧象**
雜詩
贈廣川馬先生
竹里館
〇四四——**徐安貞**
送王判官
題襄陽圖
〇四四——**崔翹**
送友人使夷陵
〇四五——**吴鞏**

白雲溪
〇四五—**顧朝陽**
昭君怨
〇四六—**王維**
輞川閑居贈裴秀才迪
冬晚對雪憶胡居士家
酬虞部蘇員外過藍田別業不見
留之作
酬比部楊員外暮宿琴臺朝躋書
閣率爾見贈之作
酬張少府
送丘爲落第歸江東
送張判官赴河西
送岐州源長史歸
送平澹然判官
送劉司直赴安西
送趙都督赴代州得青字
送梓州李使君
送張五諲歸宣城
送賀遂員外外甥
送邢桂州
送孟六歸襄陽
登裴秀才迪小臺
過香積寺
山居秋暝
終南別業
歸嵩山作
歸輞川作
山居即事
終南山
輞川閑居
涼州郊外游望
觀獵
漢江臨泛
登河北城樓作
千塔主人
使至塞上
秋夜獨坐

留別丘爲

卷之二 ○五五

王縉 ○五五
送孫秀才

裴迪 ○五五
游感化寺曇興上人院
西塔寺陸羽茶泉

崔興宗 ○五六
同王右丞送瑗公南歸

丘爲 ○五六
登潤州城

崔顥 ○五七
王家少婦
岐王席觀妓
贈梁州張都督
題潼關樓
送單于裴都護赴西河

祖咏 ○五八
送劉高郵梲使入都
蘇氏別業
陸渾水亭
過鄭曲
題韓少府水亭
題遠公經臺
中峰居喜見苗發
泊揚子津

李頎 ○六○
塞下曲
寄鏡湖朱處士
送相里造入京
送人尉閩中
送顧朝陽還吳
望秦川
籬筍

綦毋潛 ○六二
送章彝下第

送賈恒明府兼寄温張二司户
送宋秀才
送鄭務拜伯父
若耶溪逢孔九
宿龍興寺
過方尊師院
〇六四——**儲光羲**
臨江亭五咏
洛陽東門送別
泊江潭貽馬校書
咏山泉
貽主客吕郎中
秦中送人覲省
洛中送人還江東
洛潭送人覲省
送人隨大夫和蕃
隴頭水送別
重寄虬上人
藍上茅茨期王維補闕
〇六九——**王昌齡**
胡笳曲
潞府客亭寄崔鳳童
送李擢游江東
遇薛明府謁聰上人
寒食即事
〇七〇——**常建**
題破山寺後禪院
送李大都護
聽琴秋夜贈寇尊師
泊舟盱眙
〇七一——**李嶷**
林園秋夜作
讀前漢外戚傳
〇七二——**王諲**
閨情
〇七二——**周萬**
送沈芳謁李觀察求仕進
〇七三——**劉長卿**

碧澗別墅喜皇甫侍御相訪
却歸睦州至七里灘下作
對酒寄嚴維
新年作
朱放自杭州與故里相使君立碑回因以奉簡吏部楊侍郎製文
送裴郎中貶吉州
月下呈章秀才
宿北山禪寺蘭若
赴新安別梁侍郎
江州留別薛六柳八二員外
和州留別穆郎中
送金昌宗歸錢塘
偶然作
送睦州孫沅自本州却歸句章新營所居
見秦系離婚後出山居作
酬秦系
送朱山人放越州賊退後歸山陰別業
過前安宜張明府郊居
寄普門上人
岳陽館中望洞庭湖
代邊將有懷
送李中丞之襄州
奉使至申州傷經陷没
穆陵關北逢人歸漁陽
赴巴南書情寄故人
恩敕重推使牒追赴蘇州次前溪館作
謫官後却歸故村將過虎丘悵然有作
秋日登吴公臺上寺遠眺寺即陳將吴明徹戰地
晚次苦竹館却憶干越舊游
集梁耿開元寺所居院
送河南元判官赴河南句當苗稅充百官俸錢

送喬判官赴福州
海鹽官舍早春
罷所留繫寄張十四
過横山顧山人草堂
尋南溪常山道人隱居
餞別王十一南游
送崔處士先適越
送陸羽之茅山寄李延陵
送韓司直
〇八三——**蕭穎士**
送張翬下第歸江東
〇八三——**王翰**
子夜春歌
〇八四——**孟雲卿**
途中寄友人
〇八四——**張巡**
聞笛
〇八五——**孟浩然**
和張明府登鹿門作
望洞庭湖贈張丞相
贈道士參寥
京還贈張維
宿桐廬江寄廣陵舊游
唐城館中早發寄楊使君
澗南即事貽皎上人
早寒江上有懷
東京留別諸公
都下送辛大之鄂
送席大
廣陵別薛八
寒夜張明府宅宴
與諸子登峴山
與顏錢塘登障樓望潮作
梅道士水亭
題大禹寺義公禪房
過景空寺故融公蘭若
春中喜王九相尋
李氏園林卧疾

過故人莊
歲暮歸南山
泝江至武昌
舟中曉望
赴京途中遇雪
閨情
美人分香
傷峴山雲表觀主
歲除夜有懷
尋天台山
〇九二——**李白**
塞下曲
宮中行樂詞
贈孟浩然
贈郭季鷹
口號贈徵君鴻
贈昇州王使君忠臣
贈崔秋浦
寄當塗趙少府炎
寄王漢陽
望漢陽柳色寄王宰
贈錢徵君少陽
江夏別宋之悌
渡荊門送別
送張舍人之江東
送白利從金吾董將軍西征
送友人
送友人入蜀
春日游羅敷潭
秋登宣城謝朓北樓
登敬亭北二小山余時送客逢崔
侍御并登此地
太原早秋
奔亡道中
宿五松山下荀媼家
金陵
宿巫山下
夜泊牛渚懷古

訪戴天山道士不遇
謝公亭
胡無人
觀獵

卷之三 一〇三

韋應物 一〇三
淮上喜會梁川故人
揚州偶會前洛陽盧耿主簿
月下會徐十一草堂
趨府候曉呈兩縣僚友
贈崔員外
送宣城路録事
送元倉曹歸廣陵
送唐明府赴溧水
送張侍御秘書江左覲省
賦得暮雨送李胄
送別覃孝廉
送汾城王主簿
奉送從兄宰晉陵
淮上遇洛陽李主簿
至開化里壽春公故宅
陪元侍御春游
詣西山深師
夜對流螢作

劉灣 一〇七
即席賦露中菊

張謂 一〇八
送裴侍御歸上都
道林寺送莫侍御
別睢陽故人
郡南亭子宴
登金陵臨江驛樓
同王徵君湘中有懷

岑參 一一〇
寄左省杜拾遺
寄宇文判官

江行夜宿龍吼灘臨眺思峨眉隱者兼寄幕中諸公
漢川山行呈成少尹
酬崔十三侍御登玉壘山思故園見寄
送李郎尉武康
磧西頭送李判官入京
滻水東店送唐子歸嵩陽
送裴判官自賊中再歸河陽幕府
送王録事却歸華陰
送孟孺卿落第歸濟陽
送楚丘麴少府赴官
送鄭少府赴滏陽
送蒲秀才擢第歸蜀
送張都尉東歸
祁四再赴江南別詩
虢州送天平何丞入京市馬
陝州月城樓送辛判官入奏
送楊子
發臨洮將赴北庭留別
臨洮泛舟趙仙舟自北庭罷使還京
奉陪封大夫宴得征字時封公兼鴻臚卿
虢州西亭陪端公宴集
與鄠縣源少府泛渼陂
與鮮于庶子泛漢江
登總持閣
宿岐州北郭嚴給事別業
省中即事
尋陽七郎中宅即事
虢州卧疾喜劉判官相過水亭
武威春暮聞宇文判官西使還已到晋昌
題新鄉王釜廳壁
初授官題高冠草堂
過酒泉憶杜陵別業
早發焉耆懷終南別業
首秋輪臺

北庭作
巴南舟中思陸渾別業
送劉郎將歸河東
送郭司馬赴伊吾郡請示李明府
一二〇—薛奇童
楚宮詞
一二〇—梁鍠
美人春卧
一二一—黃麟
郡中客舍
一二一—郭良
早行
一二二—常非月
咏談容娘
一二二—楊賁
時興
一二二—李嘉祐
送嚴維歸越州
送岳州司馬弟之任
晚春宴無錫蔡明府西亭
送李中丞楊判官
南浦渡口
送蘇修往上饒
送越州辛法曹之任
同皇甫侍御題薦福寺一公房
和都官苗員外秋夜省直對雨簡
諸知己
送崔夷甫員外和蕃
送王牧往吉州謁王使君叔
送上官侍御赴黔中
登溢城浦望廬山初晴直省賫敕
催赴江陰
九日
送友人入湘
奉陪韋潤州游鶴林寺
一二七—包何
送泉州李使君之任
送王汶宰江陰

江上田家
送韋侍御奉使江嶺諸道催青苗錢
裴端公使院賦得隔簾見春雨

皇甫曾 —— 一二八
奉陪韋中丞使君游鶴林寺
酬鄭侍御秋夜見寄
送李中丞歸本道
烏程水樓留別
寄劉員外長卿
晚至華陰
送孔徵士
送歸中丞使新羅
送人還荆州
過劉員外長卿別墅
送著公歸越

高適 —— 一三一
部落曲
醉後贈張九旭
送張瑤貶五谿尉
別崔少府
送蹇秀才赴臨洮
廣陵別鄭處士
別孫訢
送劉評事充朔方判官賦得征馬嘶
送鄭侍御謫閩中
送李侍御赴安西
送裴別將之安西
同群公登濮陽聖佛寺閣
使青夷軍入居庸
贈杜二拾遺

卷之四 —— 一三五

杜甫 —— 一三五
登兖州城樓
題張氏隱居
劉九法曹鄭瑕丘石門宴集
與任城許主簿游南池

對雨書懷走邀許主簿
房兵曹胡馬
畫鷹
過宋員外之問舊莊
夜宴左氏莊
重題鄭氏東亭
春日憶李白
杜位宅守歲
奉陪鄭駙馬韋曲
陪鄭廣文游何將軍山林
重過何氏
陪諸貴公子丈八溝携妓納凉晚
際遇雨
送裴二虬尉永嘉
送張十二參軍赴蜀州因呈楊五
侍御
故武衛將軍挽詞
官定後戲贈
月夜
對雪
得舍弟消息
一百五日夜對月
春望
喜達行在所
獨酌成詩
春宿左省
寄高三十五詹事
不歸
秦州雜詩
送人從軍
示侄佐
雨晴
東樓
初月
促織
螢火
苦竹
空囊

病馬
月夜憶舍弟
天末懷李白
即事
送遠
酬高使君相贈
王十五司馬弟出郭相訪遺營草堂貲
爲農
遣興
北鄰
出郭
村夜
西郊
游修覺寺
遣意
春夜喜雨
江亭
可惜
徐步
水檻遣心
朝雨
聞斛斯六官未歸
不見
屏迹
客夜
九日登梓州城
戲題寄上漢中王
登牛頭山亭子
又呈竇使君
舟前小鵝兒
送韋郎司直歸成都
送元二適江左
薄游
薄暮
放船
王命
西山

歲暮
陪王使君晦日泛江就黄家亭子
別房太尉墓
過故斛斯校書莊
寄邛州崔録事
嚴鄭公宅同咏竹得香字
懷舊
去蜀
宴戎州楊使君東樓
禹廟
旅夜書懷
別常徵君
懷錦水居止
灩澦堆
草閣
江月
第五弟豐獨在江左近三四載寂
無消息覓使寄此
九日諸人集於林
歷歷
西閣口號呈元二十一
瞿唐兩崖
瞿唐懷古
奉送十七舅下邵桂
江梅
送王十六判官
懷灞上游
熟食日示宗文宗武
又示兩兒
暮春題瀼西新賃草屋
月
溪上
吾宗
八月十五夜月
十六夜玩月
十七夜對月
刈麥了咏懷
九日

曉望
大曆二年九月三十日
獨坐
夜
雷
夜
有嘆
江漲
江漢
久客
泊岳陽城下
登岳陽樓
陪裴使君登岳陽樓
南征
潭州送韋員外迢牧韶州
暮秋將歸秦留別湖南親友

卷之五

卷之五 一七五

錢起 一七五

山齋獨坐喜玄上人夕至
歸故山路逢鄰居隱者
落第劉拾遺相送東歸
題温處士山居
送征雁
題精舍寺
裴迪南門秋夜對月
谷口書齋寄楊補闕
新昌里言懷
鑾駕避狄歲寄別韓雲卿
詠白油帽送客
送虞說擢第東游
送屈突司馬充安西書記
送武進韋明府
送夏侯審校書東歸

送僧歸日本
送張管書記
宿遠上人蘭若
初至京口示諸弟
一八〇——**張繼**
春夜皇甫冉宅歡宴
題嚴陵釣臺
一八〇——**韓翃**
寄武陵李少府
贈張建
送監軍李判官
送客歸廣平
送故人歸魯
酬程延秋夜即事見贈
送元詵還江東
送夏侯審
題僧房
送壽州陳録事
題慈仁寺竹院
華亭夜宴庾侍御宅
送客之上谷
題薦福寺衡岳暕師房
送劉侍御赴令公行營
送金華王明府
一八五——**獨孤及**
登後湖傷春懷京師故舊
送虢州王録事之任
送長孫將軍拜歙州之任
九月九日李蘇州東樓宴
一八六——**郎士元**
送孫願
送林宗配雷州
送楊中丞和蕃
送李將軍赴定州
送張南史
送奚賈歸吴
盩厔縣鄭礒宅送錢大
贈萬生下第還吴

送韋逸人歸鍾山
別房士清
送彭偃房由赴朝因寄錢大郎中李
十七舍人
送李遂之越
送鄭正則徐州行營
送李騎曹之靈武寧侍
一八九——**皇甫冉**
潤州南郭留別
巫山峽
長安路
送顧萇往新安
途中送權三兄弟
落第後東游留別
泊丹陽與諸人同舟至馬林溪遇雨
送客
送唐別駕赴郢州
送廬山人歸林慮山
寄劉方平大谷田家
送康判官往新安賦得江路西南永
送延陵陳法師赴上元
題昭上人房
早發中巖寺別契上人
一九三——**劉方平**
巫山神女
梅花落
秋夜泛舟
班婕妤
新春
一九五——**褚朝陽**
登聖善寺閣
一九五——**田澄**
成都爲客作
一九六——**劉眘虛**
寄江滔求孟六遺文
一九六——**柳中庸**
幽院早春
寒食戲贈

一九七——**蔣渙**
登栖霞寺塔
一九七——**陳孫**
移耶溪舊居呈陳元初校書
一九七——**秦系**
晚秋拾遺朱放訪山居
早秋宿崔業居處
秋日過僧惟則故院
一九八——**韋迢**
早發湘潭寄杜員外院長
一九九——**鄭錫**
度關山
出塞
一九九——**嚴維**
酬王侍御西陵渡見寄
酬劉員外見寄
送李秘書往儋州
荆溪館呈丘義興
自雲陽歸晚泊陸澧宅
留別鄒紹劉長卿
贈萬經
贈送崔子向
二〇二——**顧況**
洛陽早春
南歸
白蘋洲送客
春鳥詞送元秀才入京
別江南
送韋秀才赴舉
二〇三——**耿湋**
題童子寺
華州客舍奉和崔端公春城曉望
贈嚴維
題莊上人房
宋中
秋夜思歸
送王將軍出塞
送楊將軍

送張侍御赴郴州別駕
關山月
代宋州將淮上乞師
秋晚卧疾寄司空拾遺曙盧少府綸
晚投江澤浦即事呈柳兵曹泥
東郊別業
早朝
旅次漢故時
隴西行
春日即事
渭上送李藏器移家東都
秋夜會宿李永宅憶江南舊游
登鸛雀樓
宣城逢張二南史
送胡校書秩滿歸河中
登沃州山
登樂游原
題楊著別業
尋覺公因寄李二端司空十四曙
送王閏
送蜀客還
秋日

二一一——**戎昱**

羅江客舍
漢上題韋氏莊
閨情
玉臺體題湖上亭
桂州臘夜
再赴桂州先寄李大夫
歲暮客懷
送鄭錬師貶辰州
寄鄭錬師
酬梁二十
送嚴十五郎之長安
冬夜宴梁十三廳
贈宜陽張使君
題嚴氏竹亭
桂州歲暮

竇叔向 二一五
秋砧送邑大夫
過擔石湖
竇常 二一六
項亭懷古
哭張倉曹南史
北固晚眺
竇群 二一六
黔中書事
北地
竇庠 二一七
太原送穆質南游
夜行古戰場
竇鞏 二一八
老將行
贈蕭都官
早秋江行
漢陰驛與宇文十相遇旋歸西川因以贈別
卷之六 二二〇
姚倫 二二〇
過章秀才洛陽客舍
陳潤 二二〇
東都所居寒食下作
登西靈塔
送駱徵君
張叔卿 二二一
空靈岸
戴叔倫 二二二
除夜宿石頭驛
客夜與故人偶集
送友人東歸
游少林寺
崇德道中
過賈誼宅
客中言懷

春日訪山人
卧病
與友人過山寺
送耿十三湋復往遼海
贈韋評事儹
送僧南歸
題横山寺
過柳州
過申州
次下牢韻
婺州路別録事
京口送皇甫司馬副端曾舒州辭滿歸去東都
新秋夜寄江右友人
送謝夷甫宰余姚縣
送李長史縱之任常州
送汶水王明府

二二七——**于良史**

春山夜月
冬日野望寄李贊府

二二八——**張衆甫**

送李觀之宣州謁袁中丞賦得三州渡

二二九——**盧綸**

送韓都護還邊
送鹽鐵裴判官入蜀
送魏廣下第歸揚州
送潘述應宏詞下第歸江南
送元贊府重任龍門縣
送陳明府赴萍鄉縣
送陝府王司法
送夔州班使君
送從叔士準赴任潤州司士
送暢當赴山南幕
將赴閿鄉灞上留別錢起員外
酬苗員外仲夏歸郊居遇雨見寄
倫開府席上賦得咏美人名解愁
春日書情贈別司空曙

行藥前軒呈董山人
同薛存誠登栖巖寺
觀袁修侍郎漲新池
泊揚子江岸
夜泊金陵
山中咏古木
送何召下第後歸蜀
春江夕望
卧病書懷
落第後歸終南别業
二三五——**章八元**
新安江行
二三五——**李益**
送人流貶
送常曾侍御使西蕃寄題西川
送韓將軍還邊
春行
洛陽河亭奉酬留守群公追送
送同落第者東歸
送柳判官赴振武
喜見外弟又言别
赴邠寧留别
夜上受降城聞笛
送客歸振武
二三八——**李端**
送從叔赴洪州
雨後游輞川
同皇甫侍御題惟一上人房
同苗員外宿薦福寺僧舍
過宋州
山中期吉中孚
酬前大理寺評事張芬
宿興善寺後堂池
憶皎然上人
贈衡岳隱禪師
雲陽觀寄袁稠
邊頭作
贈李龜年

宿山寺雪夜寄吉中孚
寄暢當
書志贈暢當
江上喜逢司空文明
送宋校書赴宣州幕
宿瓜洲寄柳中庸
夜宴虢縣張明府宅逢宇文評事
將之澤潞留別王郎中
晚次巴陵
送夏中丞赴寧國任
題山中別業
送新城戴叔倫明府
送陸郎中歸田司空幕
酬晉侍御見寄
奉送宋中丞使河源
送友入關
宿洞庭
二四六——**暢當**
奉送杜中丞赴洪州
二四六——**暢諸**
早春
二四七——**楊憑**
晚泊江戍
二四七——**楊凝**
送客歸淮南
春情
送人出塞
夜泊渭津
行思
感懷題從舅宅
二四九——**楊凌**
鍾陵雪夜酬友人
潤州水樓
二五〇——**司空曙**
送永陽崔明府
送崔校書赴梓幕
送夔州班使君
病中寄鄭十六兄

酬鄭十四望驛不得同宿見贈因
寄張參軍
雲陽寺石竹花
過錢員外
送流人
過胡居士睹王右丞遺文
賊平後送人北歸
觀獵騎
雲陽館與韓紳宿別
秋思呈尹植裴説
送吉校書東歸
送鄭明府貶嶺南
送王閏
江園書事寄盧綸
送鄭況往淮南
送龐判官赴黔中
送人游嶺南
喜外弟盧綸見宿
深上人見訪憶李端
題鮮于秋林園
獨游寄衛長林
二五六——**崔峒**
客舍書情寄趙中丞
客舍有懷因呈諸在事
初除拾遺酬丘二十二見寄
送陸明府之盱眙
登潤州芙蓉樓
江上書懷
春日憶姚氏外甥
喜逢妻弟鄭損因送入京
二五八——**衛象**
傷李端
二五八——**奚賈**
尋許山人亭子
二五八——**張南史**
富陽南樓望浙江風起
同韓侍郎秋朝使院
送朱大游塞

西陵懷靈一上人兼寄朱放
送司空十四北游宋州
殷卿宅夜宴
二六一

卷之七

二六一——**王建**
送人游塞
塞上逢故人
南中
汴路水驛
汴路即事
送流人
初到昭應呈同僚
醉後憶山中故人
過趙居士擬置草堂處所
飯僧
答寄芙蓉冠子
冬夜感懷
閑居即事
林居
原上新居
贈洪誓師
貽小尼師
惜歡
昭應官舍
隱者居
送嚴大夫赴桂州
望行人
塞上
二六八——**劉商**
題禪居廢寺
送楊閑侍御拜命赴上都
二六九——**陳翊**
登城樓作
寄邵校書楚萇
二六九——**劉復**
雜曲

夕次襄邑
二七〇——**冷朝陽**
中秋與空上人同宿華嚴寺
宿柏巖寺
送唐六赴舉
二七一——**朱灣**
九日登青山
奉使設宴戲擲籠籌
假攝池州留別東溪隱居
二七二——**李約**
從軍行
二七二——**于鵠**
山中寄樊僕射
題宇文裒山寺讀書院
題鄰居
山中自述
山中寄韋鉦
南溪書齋
題柏臺山僧
題南峰褚道士
贈不食姑
送李明府歸別業
題樹下禪師
出塞
出塞
出塞
贈李太守
送張司直入單于
惜花
春山居
哭劉夫子
温泉僧房
尋李暹
尋李逸人舊居
送遷客
過張老園林
二七九——**王觀**
早行

二七九—**朱放**
經故賀賓客鏡湖道士觀
秣陵送客入京

二八〇—**武元衡**
江上寄隱者
送嚴紳游蘭溪
西亭題壁寄中書李相公
春分與諸公同宴呈陸三十四郎中
夕次潘山下
夏日對雨寄朱放拾遺
長安春望
經嚴秘校維故宅
夜坐聞雨寄嚴十少府
酬韓弇歸崖見寄
送寇侍御司馬之明州
秋晚途次坊州界寄崔玉員外

二八三—**麴信陵**
移居洞庭
吳門送客

二八四—**權德輿**
早春南亭即事
湖上晚眺呈惠上人
送孔江州
送李城門罷官歸嵩陽
送崔端公郎君入京覲省
送張將軍歸東都舊業
送句容王少府簿領赴上都
送韓孝廉侍從赴舉
新安江路
江城夜泊寄所思
富陽陸路
題亡友江畔舊居
與故人夜坐道舊

二八七—**段文昌**
題武擔寺西臺
晚夏登張儀樓呈院中諸公

二八八—**羊士諤**
晚夏郡中卧疾

寒食宴城北山池即故郡守榮陽
鄭鋼目爲折柳亭
郡樓懷長安親友
二八九——**楊巨源**
春日有贈
春晚東歸留贈李功曹
送殷員外使北蕃
同趙校書題普救寺
春雪題興善寺廣宣上人竹院
與李文仲秀才同賦泛酒花詩
登寧州城樓
同薛侍御登黎陽縣樓眺黃河
秋日韋少府廳池上咏石
失題
二九一——**令狐楚**
九日言懷
秋懷寄錢侍郎
二九二——**裴度**
夏日對雨
白二十二侍郎有雙鶴留在洛下
予西園多野水長松可以栖息
遂以詩請之
二九三——**韓愈**
宿龍宮灘
晚泊江口
木芙蓉
送李六協律歸荊南
題韋氏莊
閑游
獨釣
秋字
枯樹
自袁州還京行次安陸先寄隨州
周員外
雨中寄張博士籍侯主簿喜
奉和兵部張侍郎酬鄆州馬尚書
祇召途中見寄開緘之日馬帥
已再領鄆州之作

送桂州嚴大夫同用南字
奉酬天平馬十二僕射暇日言懷
　見寄之作
和僕射相公朝迴見寄
贈河陽李大夫

二九八——**陳羽**

春日晴原野望
湘妃怨
冬晚送友人使西蕃
春園即事

二九九——**歐陽詹**

陪太原鄭行軍中丞登汾上閣中
　丞詩曰汾樓秋水闊宛似到閶
門惆悵江湖思惟將南客論南
客即詹也輒書即事上荅
荆南夏夜水樓懷昭丘直上人雲
　夢李莘
酬裴十二秀才孩子咏
旅次舟中對月寄姜公

除夜長安客舍
太原和嚴長官八月十五日夜西
　山童子上方玩月寄中丞少尹

三〇一——**柳宗元**

酬徐二中丞普寧郡内池館即事
　見寄
梅雨

三〇一——**劉禹錫**

送趙中丞自司金郎轉官參山南
　令狐僕射幕府
蜀先主廟
金陵懷古
秋日送客至潛水驛
城東閑游
初至長安
同樂天和微之深春
到郡未浹日登西樓見樂天題詩
　因即事以寄
八月十五日夜半雲開然後玩月

因書一時之景寄呈樂天
題報恩寺
南中書來
題招隱寺
皇甫松 —— 三〇五
怨回紇歌
吕温 —— 三〇五
送文暢上人東游
題從叔園林
送僧歸漳州
孫望年表 **孫原靖** 三〇七
後記 **孫原靖** 三三九

唐五言近體詩選　卷之一

王績

野望

東皋薄暮望、徒倚欲何依．樹々皆秋色．山々唯落暉．
牧人驅犢返、獵馬帶禽歸．相顧無相識、長歌懷采薇、

九月九日贈崔使君善爲

野人迷節候．端坐隔塵埃、忽見黃花吐、方知素節回．
映巖千段發．臨浦萬株開．香氣徒盈把．無人送酒來．

馬周

凌朝浮江旅思 一作韋承慶詩

天晴上初日．春水送孤舟．山遠疑無樹．潮平似不流．
岸花開且落．江鳥沒還浮．羈望傷千里．長歌遣客愁．

盧照鄰

隴頭水

隴阪高無極．征人一望鄉．關河別去水．沙塞斷歸腸．
馬繫千年樹．旌懸九月霜．從來共鳴咽．皆是為勤王．

劉生

劉生氣不平．抱劍欲專征．報恩為豪俠．死難在橫行．
翠羽裝刀鞘．黃金飾馬鈴．但令一顧重．不吝百身輕．

張九齡

贈澧陽韋明府

君有百鍊刃．堪斷七重犀．誰開太阿匣．持劉武城雞．
竟與尚書佩．遥應天子提．何時遇操宰．當使玉如泥．

旅宿淮陽亭口號 一作宋之問詩

日暮荒亭上．悠々旅思多．故鄉臨桂水．今夜渺星河．
暗草霜華發．空亭雁影過．興來誰與晤．勞者自爲歌．

望月懷遠

海上生明月．天涯共此時．情人怨遥夜．竟夕起相思．
滅燭憐光滿．披衣覺露滋．不堪盈手贈．還寢夢佳期．

詠燕

海燕何微眇．乘春亦暫來．豈知泥滓賤．祇見玉堂開．

繡户時雙入．華軒日幾回．無心與物競．鷹隼莫相猜．

楊炯

從軍行

烽火照西京．心中自不平．牙璋辭鳳闕．鐵騎繞龍城．
雪暗凋旗畫．風多雜鼓聲．寧為百夫長．勝作一書生．

劉生

卿家本六郡．年長入三秦．白璧酬知己．黃金謝主人．
劍鋒生赤電．馬足起紅塵．日暮歌鐘發．喧々動四鄰．

驄馬

驄馬鐵連錢．長安俠少年．帝畿平若水．官路直如弦．
夜玉妝車軸．秋金鑄馬鞭．風霜但自保．窮達任皇天．

出塞

塞外欲紛紜．雌雄猶未分．明堂占氣色．華蓋辨星文．
二月河魁將．三千太乙軍．丈夫皆有志．會見立功勳．

折楊柳

邊地遙無極．征人去不還．秋容凋翠羽．別淚損紅顏．
望斷流星驛．心馳明月關．藁砧何處在．楊柳自堪攀．

紫騮馬

俠客重周遊．金鞭控紫騮．蛇弓白羽箭．鶴轡赤茸鞦．
發跡來南海．長鳴向北州．匈奴今未滅．畫地取封侯．

送豐城王少府

愁結亂如麻．長天照落霞．離亭隱喬樹．溝水浸平沙．
左尉才何屈．東關望漸賒．行看轉牛斗．持此報張華．

送楊處士反初卜居曲江

雁門歸去遠．垂老脫袈裟．蕭寺休爲客．曹溪便寄家．
綠琪千歲樹．黃槿四時花．別怨應無限、門前桂水斜．

宋之問

江南曲

妾住越城南．離居不自堪．採花驚曙鳥．摘葉餧春蠶．
懶結茱萸帶．愁安玳瑁簪．侍君消瘦盡．日暮碧江潭．

登禪定寺閣 一作登總持寺閣

梵宇出三天．登臨望八川．開襟坐霄漢、揮手拂雲煙．
函谷春山外．昆池落日邊．東京楊柳陌．少別幾經年．

陸渾山莊

歸來物外情．負杖閱巖耕．源水看花入．幽林採藥行．
野人相問姓．山鳥自呼名．去去獨吾樂．無然愧此生．

江亭晚望

浩渺浸雲根．煙嵐出遠村．鳥歸沙有跡．帆過浪無痕．
望水知柔性．看山欲斷魂．縱情猶未已．回馬欲黃昏．

送杜審言

卧病人事絕．嗟君萬里行．河橋不相送．江樹遠含情．
別路追孫楚．維舟弔屈平．可惜龍泉劍．流落在豐城．

過蠻洞

越嶺千重合．蠻谿十里斜．竹迷樵子徑．萍匝釣人家．
林暗交楓葉．園香覆橘花．誰憐在荒外．孤賞足雲霞．

經梧州

南國無霜霰．連年見物華．青林暗換葉．紅蕊續開花．
春去聞山鳥．秋來見海槎．流芳雖可悅．會自泣長沙．

泛鏡湖南溪

乘興入幽棲．舟行日向低．巖花候冬發．谷鳥作春啼．
沓嶂開天小．叢篁夾路迷．猶聞可憐處．更在若耶溪．

途中寒食題黃梅臨江驛寄崔融

馬上逢寒食．愁中屬暮春．可憐江浦望．不見洛陽人．
北極憐明主．南溟作逐臣．故園腸斷處．日夜柳條新．

題大庾嶺北驛

陽月南飛雁．傳聞至此回．我行殊未已．何日復歸來．
江靜潮初落．林昏瘴不開．明朝望鄉處．應見隴頭梅．

度大庾嶺

度嶺方辭國．停軺一望家．魂隨南翥鳥．淚盡北枝花．
山雨初含霽．江雲欲變霞．但令歸有日．不敢恨長沙．

銅雀臺 一作沈佺期詩

昔年分鼎地．今日望陵臺．一旦雄圖盡．千秋遺令開．
綺羅君不見．歌舞妾空來．恩共漳河水．東流無重回．

新年作

鄉心新歲切．天畔獨潸然．老至居人下．春歸在客先．
嶺猿同旦暮．江柳共風煙．已似長沙傅．從今又幾年．

崔湜

邊愁

九月蓬根斷．三邊草葉腓．風塵馬變色．霜雪劍生衣．

客思愁陰晚．邊書驛騎歸．殷勤鳳樓上．還袂及春暉．

唐都尉山池

曲渚颺輕舟．前谿釣晚流．雁翻蒲葉起．魚撥荇花遊．
金子懸湘柚．珠房折海榴．幽尋惜未已．清月半西樓．

江樓夕望

試陟江樓望．悠々去國情．楚山霞外斷．漢水月中平．
公子留遺邑．夫人有舊城．蒼々煙霧裏．何處是咸京．

崔液

冀北春望 一作崔湜詩

迴首覽燕趙．春生兩河間．曠然餘萬里．際海不見山．
雨歇青林潤．煙空綠野閒．問鄉無處所．目送白雲關．

王勃

別薛華（英華作秋日別薛升華）

送々多窮路．遑々獨問津．悲涼千里道．悽斷百年身．
心事同漂泊．生涯共苦辛．無論去與住．俱是夢中人．

重別薛華（一作重別薛升華）

明月沈珠浦．風飄濯錦川．樓臺臨絕岸．洲渚亘長天．
旅泊成千里．棲遑共百年．窮途唯有淚．還望獨潸然．

白下驛餞唐少府

下驛窮交日．昌亭旅食年．相知何用早．懷抱即依然．
浦樓低晚照．鄉路隔風煙．去々如何道．長安在日邊．

杜少府之任蜀州（一作川）

城闕輔三秦．風煙望五津．與君離別意．同是宦遊人．
海內存知己．天涯若比鄰．無為在歧路．兒女共霑巾．

仲春郊外

東園垂柳徑．西堰落花津．物色連三月．風光絕四鄰．
鳥飛村覺曙．魚戲水知春．初晴山院裏．何處染囂塵．

銅雀妓二首 其二

妾本深宮妓．層城閉九重．君王歡愛盡．歌舞為誰容．
錦衾不復襞．羅衣誰再縫．高臺西北望．流涕向青松．

李嶠

酬杜五弟晴朝獨坐見贈

平明坐虛館．曠望幾悠哉．宿霧分空盡．朝光度隙來．

影低藤架密．香動藥闌開．未展山陽會．空留池上杯．

和杜學士江南初霽羈懷

大江開宿雨．征櫂下春流．霧卷晴山出．風恬晚浪收．岸花明水樹．川鳥亂沙洲．羈眺傷千里．勞歌動四愁．

此篇與馬周浮江旅思詩後四句同而少異．

送李邕 一作送李安邑

落日荒郊外．風景正淒淒．離人席上起．征馬路傍嘶．別酒傾壺贈．行書掩淚題．殷勤御溝水．從此各東西．

餞駱四 二首 其一

平生何以樂．斗酒夜相逢．曲中驚別緒．醉裏失愁容．星月懸秋漢．風霜入曙鐘．明日臨溝水．青山幾萬重．

風

落日生蘋末·搖揚徧遠林·帶花疑鳳舞·向竹似龍吟·
月動臨秋扇·松清入夜琴·若至蘭臺下·還拂楚王襟·

劍

我有昆吾劍·求趨夫子庭·白虹時切玉·紫氣夜干星·
鍔上芙蓉動·匣中霜雪明·倚天持報國·畫地取雄名·

杜審言

和晉陵陸丞早春遊望 一作韋應物詩

獨有宦遊人·偏驚物候新·雲霞出海曙·梅柳渡江春·
淑氣催黃鳥·晴光轉綠蘋·忽聞歌古調·歸思欲霑巾·

秋夜宴臨津鄭明府宅

行止皆無地·招尋獨有君·酒中堪累月·身外即浮雲·

露白宵鐘徹，風清曉漏聞。坐攜餘興往，還似未離群。

登襄陽城

旅客三秋至，層城四望開。楚山横地出，漢水接天回。
冠蓋非新里，章華即舊臺。習池風景異，歸路滿塵埃。

旅寓安南

交趾殊風候，寒遲暖復催。仲冬山果熟，正月野花開。
積雨生昏霧，輕霜下震雷。故鄉踰萬里，客思倍從來。

送高郎中北使

北狄願和親，東京發使臣。馬銜邊地雪，衣染異方塵。
歲月催行旅，恩榮變苦辛。歌鐘期重錫，拜手落花春。

夏日過鄭七山齋

共有樽中好，言尋谷口來。薜蘿山逕入，荷芰水亭開。

日氣含殘雨·雲陰送晚雷·洛陽鐘鼓至·車馬繫遲回·

送崔融

君王行出將、書記遠從征·祖帳連河闕·軍麾動洛城·
旌旆朝朔氣、笳吹夜邊聲·坐覺煙塵掃·秋風古北平·

經行嵐州

北地春光晚·邊城氣候寒·往來花不發·新舊雪仍殘·
水作琴中聽·山疑畫裏看，自驚牽遠役·艱險促征鞍·

董思恭

昭君怨二首之二

琵琶馬上彈，行路曲中難·漢月正南遠·燕山直北寒·
髻鬟風拂亂·眉黛雪霑殘·斟酌紅顏改·何勞鏡裏看·

姚崇

夜渡江（一作柳中庸詩）

夜渚帶浮煙．蒼茫晦遠天．舟輕不覺動．纜急始知牽．
聽草遙尋岸．聞香暗識蓮．唯看孤帆影．常似客心懸．

郭震

塞上

塞外虜塵飛．頻年出武威．死生隨玉劍．辛苦向金微．
久戍人將老．長征馬不肥．仍聞酒泉郡．已合數重圍．

王無競

巫山（一作宋之問詩、又作沈佺期詩）

神女向高唐．巫山下夕陽．裴回行作雨．婉孌逐荊王．
電影江前落．雷聲峽外長．朝雲無處所．臺館曉蒼蒼．

崔融

吳中好風景（一作李乂詩、題作次蘇州．）

洛渚問吳潮．吳門想洛橋．夕煙楊柳岸．春水木蘭橈．
城邑高樓近．星辰北斗遙．無因生羽翼．輕舉託還飆．

蘇頲

經三泉路作

三月松作花．春行日漸賒．竹坊山鳥路．藤沒野人家．

透石飛梁下．尋雲絶磴斜．此中誰與樂．揮涕語年華．

徐晶

蔡起居山亭

文史歸休日．棲閒臥草亭．薔薇一架紫．石竹數重青．垂露和仙藥．燒香誦道經．莫將山水弄．持與世人聽．

送友人尉蜀中

故友漢中尉．請爲西蜀吟．人家多種橘．風土愛彈琴．水向昆明闊．山連大夏深．理間無別事．時寄一登臨．

徐彥伯

閨怨

征客戍金微．愁閨獨掩扉．塵埃生半榻．花絮落殘機．
褪暖蠶初卧．巢昏燕欲歸．春風日向盡．銜涕作征衣．

駱賓王

西京守歲

閒居寡言宴．獨坐慘風塵．忽見嚴冬盡．方知列宿春．
夜將寒色去．年共曉光新．耽々他鄉夕．無由展舊親．

同辛簿簡仰酬思玄上人林泉四首之四

俗遠風塵隔．春還初服遲．林疑中散地．人似上皇時．
芳杜湘君曲．幽蘭楚客詞．山中有春草．長似寄相思．

秋日送別

寂寥心事晚．搖落歲時秋．共此傷年髮．相看惜去留．

當歌應破涕．哀命返窮愁．別後能相憶．東陵有故侯．

送郭少府探得憂字 選此以見通首均屬對耳

開筵枕德水．輟棹艤仙舟．貝闕桃花浪．龍門竹箭流．
當歌悽別曲．對酒泣離憂．還望青門外．空見白雲浮．

在獄詠蟬 許序

余禁所禁垣西．是法廳事也．有古槐數株焉．雖生意可知．同殷仲文之古樹．而聽訟斯在．即周召伯之甘棠．每至夕照低陰．秋蟬疏引．發聲幽息．有切嘗聞．豈人心異於曩時．將蟲響悲於前聽．嗟乎聲以動容．德以象賢．故潔其身也．稟君子達人之高行．蛻其皮也．有仙都羽化之靈姿．候時而來．順陰陽之數．應節為變．審藏用之機．有目斯開．不以道昏而昧其視．有翼自薄．不以俗厚而易其眞吟喬樹之微風．韻資天縱．飲高秋之墜露．清畏人知．僕失路艱虞．遭時徽纆．不哀傷而自怨．未搖落而先衰．聞蟪蛄之流聲．悟平反之已奏．見螳螂之抱影．怯危機之未安．感而綴詩．貽諸知己．庶情沿物應．哀弱羽之飄零．道寄人知．憫餘聲之寂寞．非謂文墨．取代幽憂云爾．

西陸蟬聲唱．南冠客思侵．那堪玄鬢影．來對白頭吟．
露重飛難進．風多響易沈．無人信高潔．誰爲表予心．

陪潤州薛司空丹徒桂明府遊招隱寺

共尋招隱寺．初識戴顒家．還依舊泉壑．應改昔雲霞．
綠竹寒天笋．紅蕉臘月花．金繩倘留客．爲繫日光斜．

劉希夷

送友人之新豐

日暮秋風起．關山斷別情．淚隨黃葉下．愁向綠樽生．
野路歸驂轉．河洲宿鳥驚．賓遊寬旅宴．王事促嚴程．

餞李秀才赴舉

鴻鵠振羽翮．翻飛入帝鄉．朝鳴集銀樹．暝宿下金塘．

日月天門近．風煙客路長．自憐窮浦雁．歲々不隨陽．

陳子昂

度荊門望楚

遙々去巫峽．望々下章臺．巴國山川盡．荊門煙霧開．
城分蒼野外．樹斷白雲隈．今日狂歌客．誰知入楚來．

晚次樂鄉縣

故鄉杳無際．日暮且孤征．川原迷舊國．道路入邊城．
野戍荒煙斷．深山古木平．如何此時恨．噭々夜猿鳴．

送魏大從軍

匈奴猶未滅．魏絳復從戎．悵別三河道．言追六郡雄．
雁山橫代北．狐塞接雲中．勿使燕然上．惟留漢將功．

送殷大入蜀

蜀山金碧路·此地饒英靈·送君一為別·悽斷故鄉情·
片雲生極浦·斜日隱離亭·坐看征騎沒·惟見遠山青·

落第西還別劉祭酒高明府

別館分周國·歸驂入漢京·地連函谷塞·川接廣陽城·
望迴樓臺出·途遥煙霧生·莫言長落羽·貧賤一交情·

東征答朝臣相送

平生白雲意·疲薾愧為雄·君王謬殊寵·旌節此從戎·
按繩當繫虜·單馬豈邀功·孤劍將何托·長謡塞上風·

送客

故人洞庭去·楊柳春風生·相送河洲晚·蒼茫別思盈·
白蘋已堪把·綠芷復含榮·江南多桂樹·歸客贈生平·

春夜別友人（二首之一）

銀燭吐青煙．金樽對綺筵．離堂思琴瑟．別路遶山川．
明月隱高樹．長河沒曉天．悠々洛陽道．此會在何年．

春日登金（一作九）華觀

白玉仙臺古．丹丘別望遙．山川亂雲日．樓榭入煙霄．
鶴舞千年樹．虹飛百尺橋．還疑赤松子．天路坐相邀．

上元夜效小庾體（一本截首末二聯作絕句．題云燈．）

三五月華新．遨遊逐上春．相邀洛城曲．追宴小平津．
樓上看珠妓．車中見玉人．芳宵殊未及．隨意守燈輪．

張說

送崔二長史日知赴潞州

東山懷卧理．南省悵悲翁．共見前途促．何知後會同．
莫輕一筵宴．明日半成空．況爾新離闕．思歸迷夢中．

送王尚一嚴嶷二侍御赴司馬都督軍

漢掖通沙塞．邊兵護草腓．將行司馬令．勛以鐵冠威．
白露鷹初下．黃塵騎欲飛．明年春酒熟．留酌二星歸．

岳州宴別潭州王熊二首

絲管清且哀．一曲傾一杯．氣將然諾重．心向友朋開．
古木無生意．寒雲若死灰．贈君芳杜草．為植建章臺．

其二

縉雲連省閣．溝水遶西東．然諾心猶在．榮華歲不同．
孤城臨楚塞．遠樹入秦宮．誰念三千里．江潭一老翁．

南中贈高六戩

北極辭明代．南溟宅放臣．丹誠由義盡．白髮帶愁新．
鳥墜炎洲氣．花飛洛水春．平生歌舞席．誰憶不歸人．

下江南向夔州

天明江霧歇．洲浦棹歌來．綠水逶迤去．青山相向開．
城臨蜀帝祀．雲接楚王臺．舊知巫山上．遊子共徘徊．

還至端州驛前與高六別處

舊館分江口．悽然望落暉．相逢傳旅食．臨別換征衣．
昔記山川是．今傷人代非．往來皆此路．生死不同歸．

四月一日過江赴荊州

春色沅湘盡．三年客始回．夏雲隨北帆．同日過江來．
水漫荊門出．山平郢路開．比肩羊叔子．千載豈無才．

荊州亭入朝

巫山雲雨峽．湘水洞庭波．九辨人猶擯．三秋雁始過，
旃裘吳地盡．髻薦楚言多．不果朝宗願．其如江漢何．

深渡驛

旅泊青山夜．荒庭白露秋．洞房懸月影．高枕聽江流．
猿響寒巖樹．螢飛古驛樓．他鄉對搖落．併覺起離憂．

李乂

寄胡皓時在南中

徭役苦流滯．風波限泝洄．江流通地骨．山道繞天台．
有鳥圖南去．無人見北來．閑門滄海曲．雲霧待君開．

岑羲

餞唐州高使君

蒼茫南塞地．明媚上春時．目極傷千里．懷君不自持．
征車別岐路．斜日下崦嵫．一歎軺軒阻．悠々即所思．

沈佺期

隴頭水

隴山飛落葉．隴雁度寒天．愁見三秋水．分為兩地泉．
西流入羌郡．東下向秦川．征客重回首．肝腸空自憐．

被試出塞

十年通大漠．萬里出長平．寒日生戈劍．陰雲拂旆旌．
飢烏啼舊壘．疲馬戀空城．辛苦皋蘭北．胡霜損漢兵．

雜詩三首

落葉驚秋婦．高砧促暝機．蜘蛛尋月度．螢火傍人飛．
清鏡紅埃入．孤燈綠焰微．怨啼能至曉．獨自懶縫衣．

其二

妾家臨渭北．春夢著遼西．何苦朝鮮郡．年々事鼓鼙．
燕來紅壁語．鶯向綠窗啼．爲許長相憶．闌干玉筯齊．

其三

聞道黃龍戍．頻年不解兵．可憐閨裏月．長在漢家營．
少婦今春意．良人昨夜情．誰能將旗鼓．一爲取龍城．

夜宿七盤嶺

獨遊千里外．高臥七盤西．曉月臨窗近．天河入戶低．
芳春平仲綠．清夜子規啼．浮客空留聽．褒城聞曙雞．

驩州南亭夜望

昨夜南亭望．分明夢洛中．室家誰道別．兒女案嘗同．
忽覺猶言是．沈思始悟空．肝腸餘幾寸．拭淚坐春風．

尹懋

秋夜陪張丞相趙侍御游㴩湖二首 之二

燕公以司馬初到．趙侍御客焉．韋理方舟．嬉游㴩鑿．覽山川之異．探泉石之奇．騁望崇朝．留尊待月．一時之樂．豈不盛歟．賦詩者列之於左

江上饒奇山．巑羅雲水間．風和樹色雜．苔古石文斑．
巴俗將千漾．㴩湖凡幾灣．嬉遊竟不盡．乘月泛舟還．

張循之

巫山高 一作沈佺期詩

巫山高不極．合沓狀奇新．暗谷疑風雨．陰崖若鬼神．
月明三峽曉．潮滿九江春．為問陽臺客．應知入夢人．

送泉州李使君之任

傍海皆荒服．分符重漢臣．雲山百越路．市井十洲人．
執玉來朝遠．還珠入貢頻．連年不見雪．到處即行春．

送王汶宰江陰

郡北乘流去．花間竟日行．海魚朝滿市．江鳥夜喧城．
讓酒非關病．援琴不在聲．應緣五斗米．數日滯淵明．

鄭遂初

別離怨

蕩子戍遼東．連年信不通．塵生錦步障．花送玉屏風．

只恐紅顏改．寧辭玉簟空．繫書春雁足．早晚到雲中．

李澄之

秋庭夜月有懷

遊客三江外．單棲百慮違．山川憶處近．形影夢中歸．
夜月明虛帳．秋風入擣衣．從來不慣別．況屬雁南飛．

鄭愔

秋閨

征客向輪臺．幽閨寂不開．音書秋雁斷．機杼夜蛩催．
虛幌風吹葉．閒階露溼苔．自憐愁思影．常共月裴回．

李元紘

相思怨

望月思氛氲．朱衾懶更熏．春生翡翠帳．花點石榴裙．燕語時驚妾．鶯啼轉憶君．交河一萬里．仍隔數重雲．

韋述

廣陵送别宋員外佐越鄭舍人還京一作張謂詩

朱紱臨秦望．皇華赴洛橋．文章南渡越．書奏北歸朝．樹入江雲盡．城銜海月遥．秋風將客思．川上晚蕭々．

胡皓

出峽

巴東三峽盡．曠望九江開．楚塞雲中出．荆門水上來．
魚龍潛嘯雨．鳧雁動成雷．南國秋風晚．客思幾悠哉．

賀知章

送人之軍

常經絶脈塞．復見斷腸流．送子成今別．令人起昔愁．
隴雲晴半雨．邊草夏先秋．萬里長城寄．無貽漢國憂．

康庭芝

詠月 一作沈佺期詩．又作宋之問詩．誤．杜審言有和庭芝詠月．即和此也．

天使下西樓．光含萬里秋．臺前疑挂鏡．簾外似懸鉤．
張尹將眉學．班姬取扇儔．佳期應借問．爲報在刀頭．

周瑀

潘司馬別業

門對青山近．汀牽綠草長．寒深包晚橘．風緊落垂楊．
湖畔聞漁唱．天邊數雁行．蕭然有高士．清思滿書堂．

送潘三入京

故人嗟此別．相送出煙坰．柳色分官路．荷香入水亭．
離歌未盡曲．酌酒共忘形．把手河橋上．孤山日暮青．

談戭

清谿館作

指途清谿裏．左右唯深林．雲蔽望鄉處．雨愁為客心．

遇人多物役·聽鳥時幽音·何必滄浪水·庶茲浣塵襟·

殷遙

塞上

萬里隤城在·三邊虜氣衰·沙塡孤嶂角·燒斷故關碑·
馬色經寒慘·鵰聲帶晚悲·將軍正閒暇·留客換歌辭·

王灣

奉和賀監林月清酌

華月當秋滿·朝英假興同·淨林新霽入·窺院小涼通·
碎影行筵裏·搖花落酒中·清宵凝爽意·併此助文雄·

次北固山下

客路青山外．行舟綠水前．潮平兩岸闊．風正一帆懸．海日生殘夜．江春入舊年．鄉書何處達．歸雁洛陽邊．

按河岳英靈集題作江南意．詩云．南國多新意．東行伺早天．潮平兩岸失．風正數帆懸．海日生殘夜．江春入舊年．從來觀氣象．惟向此中偏．

王泠然

古木卧平沙

古木臥平沙．摧殘歲月賒．有根横水石．無葉拂煙霞．春至苔為葉．冬來雪作花．不逢星漢使．誰辨是靈槎．

張子容

永嘉即事寄贛縣袁少府瓘

山繞樓臺出．谿通里閈斜．曾為謝客郡．多有逐臣家．
海氣朝成雨．江天晚作霞．題書報賈誼．此溼似長沙．

永嘉作

拙宦從江左．投荒更海邊．山將孤嶼近．水共惡谿連．
地溼梅多雨．潭蒸竹起煙．未應悲晚髮．炎瘴苦華年．

送孟八浩然歸襄陽二首 之二．此篇一作王維詩

杜門不欲出．久與世情疏．以此為長策．勸君歸舊廬．
醉歌田舍酒．笑讀古人書．好是一生事．無勞獻子虛．

貶樂城尉日作

竄謫邊窮海．川原近惡谿．有時聞虎嘯．無夜不猿啼．
地暖花長發．巖高日易低．故鄉可憶處．遙指斗牛西．

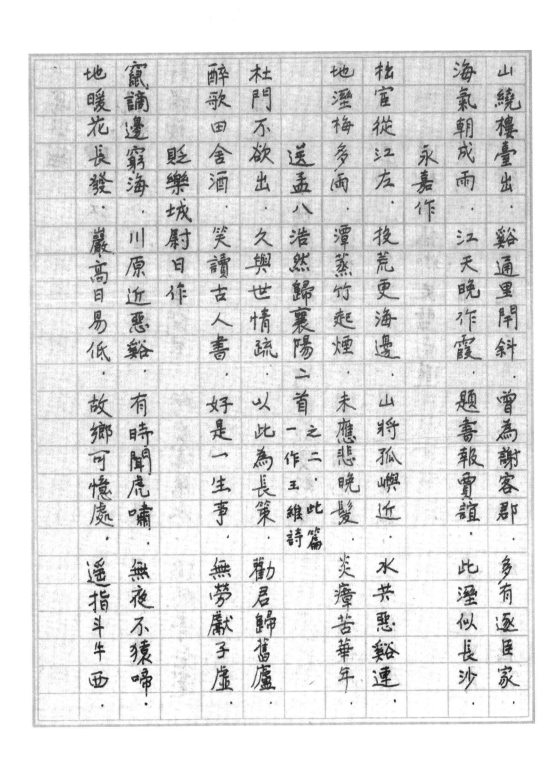

萬齊融

贈別江頭

東南飛鳥處．言是故鄉天．江上風花晚．君行定幾千．
計程頻破月．數別屢開年．明歲潯陽水．相思寄采蓮．

孫逖

送李補闕攝御史充河西節度判官

昔年叨補袞．邊地亦埋輪．官序慚先達．才名畏後人．
西戎雖獻款．上策恥和親．早赴前軍幕．長清外域塵．

送張環攝御史監南選

漢使得張綱．威名攝遠方．恩霑柱下史．榮比選曹郎．
江帶黔中闊．山連峽水長．莫愁炎暑地．秋至有嚴霜．

和常州崔使君寒食夜

聞道清明近．春庭向夕闌．行遊晝不厭．風物夜宜看．
斗柄更初轉．梅香暗裏殘．無勞秉華燭．清月在南端．

宴越府陳法曹西亭

公府西巖下．紅亭間白雲．雪梅初度臘．煙竹稍迎曛．
水木涵澄景．簾櫳引霽氛．江南歸思逼．春雁不堪聞．

揚子江樓

揚子何年邑．雄圖作楚關．江連二妃渚．雲近八公山．
驛道青楓外．人煙綠嶼間．晚來潮正滿．數處落帆還．

淮陰夜宿二首

水國南無畔．扁舟北未期．鄉情淮上失．歸夢郢中疑．
木落知寒近．山長見日遲．客行心緒亂．不及洛陽時．

其二

永夕卧煙塘・蕭條天一方・秋風淮水落・寒夜楚歌長・
宿莽非中土・鱸魚豈我鄉・孤舟行已倦・南越尚茫々・

崔國輔

宿范浦

月暗潮又落・西陵渡暫停・村煙和海霧・舟火亂江星・
路轉定山遶・塘連范浦橫・鴟夷近何去・空山臨滄溟・

崔珪

孤寢怨

征戍動經年・含情拂玳筵・花飛織錦處・月落擣衣邊・

燈暗愁孤坐·牀空怨獨眠·自君遼海去·玉匣閉春弦·

盧象

雜詩二首 之一

家居五原上·征戰是平生·獨負山西勇·誰當塞下名·
死生遼海戰·雨雪薊門行·諸將封侯盡·論功獨不成·

贈廣川馬先生

經書滿腹中·吾識廣川翁·年老甘無位·家貧懶發蒙·
人歸洙泗學·歌盛舞雩風·願接諸生禮·三年事馬融·

竹里館

江南冰不閉·山澤氣潛通·臘月聞山鳥·寒崖見蟄熊·
柳林春半合·荻筍亂無叢·回首金陵岸·依々向北風·

徐安貞

送王判官

明月開三峽．花源出五谿．城池青壁裏．煙火綠林西．不畏王程促．惟愁仙路迷．巴東下歸櫂．莫待夜猿啼．

題襄陽圖

畫得襄陽郡．依然見昔遊．峴山思駐馬．漢水憶迴舟．丹壑常含霽．青林不換秋．圖書空咫尺．千里意悠々．

崔翹

送友人使夷陵

猿鳴三峽裏．行客舊沾裳．復道從茲去．思君不暫忘．

開襟春葉短．分手夏條長．獨有幽庭桂．年々空自芳．

吳鞏

白雲溪

山徑入修篁．深林蔽日光．夏雲生嶂遠．瀑水引溪長．
秀跡逢皆勝．清芬坐轉涼．回看玉樽夕．歸路賞前忘．

顧朝陽

昭君怨

莫將鉛粉匣．不用鏡花光．一去邊城路．何情更畫妝．
影銷胡地月．衣盡漢宮香．妾死非關命．都緣怨斷腸．

王維

輞川閒居贈裴秀才迪

寒山轉蒼翠．秋水日潺湲．倚杖柴門外．臨風聽暮蟬．
渡頭餘落日．墟里上孤煙．復值接輿醉．狂歌五柳前．

冬晚對雪憶胡居士家

寒更傳曉箭．清鏡覽衰顏．隔牖風驚竹．開門雪滿山．
灑空深巷靜．積素廣庭閒．借問袁安舍．翛然尚閉關．

酬虞部蘇員外過藍田別業不見留之作

貧居依谷口．喬木帶荒村．石路枉迴駕．山家誰候門．
漁舟膠凍浦．獵火燒寒原．唯有白雲外．疏鐘聞夜猿．

酬比部楊員外暮宿琴臺朝躋書閣率爾見贈之作 一作盧照鄰詩

舊簡拂塵看・鳴琴候月彈・桃源迷漢姓・松樹有秦官・
空谷歸人少・青山背日寒・羨君棲隱處・遥望白雲端・

酬張少府

晚年唯好靜・萬事不關心・自顧無長策・空知返舊林・
松風吹解帶・山月照彈琴・君問窮通理・漁歌入浦深・

送丘為落第歸江東

憐君不得意・況復柳條春・為客黃金盡・還家白髮新・
五湖三畝宅・萬里一歸人・知爾不能薦・羞稱獻納臣・

送張判官赴河西

單車曾出塞・報國敢邀勳・見逐張征虜・今思霍冠軍・
沙平連白雪・蓬卷入黃雲・慷慨倚長劍・高歌一送君・

送岐州源長史歸同在崔常侍幕中・時常侍已歿・

攜手一相送．心悲安可論．秋風正蕭索．客散孟嘗門．
故驛通槐里．長亭下槿原．征西舊旌節．從此向河源．

送平澹然判官

不識陽關路．新從定遠侯．黃雲斷春色．畫角起邊愁．
瀚海經年到．交河出塞流．須令外國使．知飲月支頭．

送劉司直赴安西

絕域陽關道．胡沙與塞塵．三春時有雁．萬里少行人．
苜蓿隨天馬．蒲萄逐漢臣．當令外國懼．不敢覓和親．

送趙都督赴代州得青字

天官動將星．漢上柳條青．萬里鳴刁斗．三軍出井陘．
忘身辭鳳闕．報國取龍庭．豈學書生輩．窗間老一經．

送梓州李使君

萬壑樹參天．千山響杜鵑．山中一夜雨．樹杪百重泉．
漢女輸橦布．巴人訟芋田．文翁翻教授．不敢倚先賢．

送張五諲歸宣城

五湖千萬里．況復五湖西．漁浦南陵郭．人家春穀谿．
欲歸江淼々．未到草萋々．憶想蘭陵鎮．可宜猿更啼．

送賀遂員外々甥

南國有歸舟．荊門泝上流．蒼茫葭菼外．雲水與昭丘．
檣帶城烏去．江連暮雨愁．猿聲不可聽．莫待楚山秋．

送邢桂州

鐃吹喧京口．風波下洞庭．赭圻將赤岸．擊汰復揚舲．
日落江湖白．潮來天地青．明珠歸合浦．應逐使臣星．

送孟六歸襄陽 一作張子容詩

杜門不復出．久與世情疏．以此為長策．勸君歸舊廬．
醉歌田舍酒．笑讀古人書．好是一生事．無勞獻子虛．

登裴秀才迪小臺

端居不出戶．滿目望雲山．落日鳥邊下．秋原人外閒．
遙知遠林際．不見此簷間．好客多乘月．應門莫上關．

過香積寺 一作王昌齡詩

不知香積寺．數里入雲峰．古木無人逕．深山何處鐘．
泉聲咽危石．日色冷青松．薄暮空潭曲．安禪制毒龍．

山居秋暝

空山新雨後．天氣晚來秋．明月松間照．清泉石上流．
竹喧歸浣女．蓮動下漁舟．隨意春芳歇．王孫自可留．

終南別業 一作初至山中．一作入山寄城中友人．

中歲頗好道．晚家南山陲．興來每獨往．勝事空自知．
行到水窮處．坐看雲起時．偶然值林叟．談笑無還期．

歸嵩山作

清川帶長薄．車馬去閑々．流水如有意．暮雲相與還．
荒城臨古渡．落日滿秋山．迢遞嵩高下．歸來且閉關．

歸輞川作

谷口疏鐘動．漁樵稍欲稀．悠然遠山暮．獨向白雲歸．
菱蔓弱難定．楊花輕易飛．東皋春草色．惆悵掩柴扉．

山居即事

寂寞掩柴扉．蒼茫對落暉．鶴巢松樹遍．人訪蓽門稀．
綠竹含新粉．紅蓮落故衣．渡頭煙火起．處々采菱歸．

終南山

太乙近天都．連山到海隅．白雲迴望合．青靄入看無．
分野中峯變．陰晴衆壑殊．欲投人處宿．隔水問樵夫．

輞川閒居

一從歸白社．不復到青門．時倚檐前樹．遠看原上村．
青菰臨水拔．白鳥向山翻．寂寞於陵子．桔槔方灌園．

涼州郊外遊望（時為節度判官在涼州作．）

野老纔三户．邊村少四鄰．婆娑依里社．簫鼓賽田神．
灑酒澆芻狗．焚香拜木人．女巫紛屢舞．羅襪自生塵．

觀獵（紀事題曰獵騎．樂府詩集．萬首絕句以前四句作五絕．並題曰戎渾．）

風勁角弓鳴．將軍獵渭城．草枯鷹眼疾．雪盡馬蹄輕．
忽過新豐市．還歸細柳營．迴看射鵰處．千里暮雲平．

漢江臨汎

楚塞三湘接．荊門九派通．江流天地外．山色有無中．
郡邑浮前浦．波瀾動遠空．襄陽好風日．留醉與山翁．

登河北城樓作

井邑傳巖上．客亭雲霧間．高城眺落日．極浦映蒼山．
岸火孤舟宿．漁家夕鳥還．寂寥天地暮．心與廣川閒．

千塔主人

逆旅逢佳節．征帆未可前．窗臨汴河水．門渡楚人船．
雞犬散墟落．桑榆蔭遠田．所居人不見．枕席生雲煙．

使至塞上

單車欲問邊．屬國過居延．征蓬出漢塞．歸雁入胡天．
大漠孤煙直．長河落日圓．蕭關逢候吏．都護在燕然．

秋夜獨坐 一作冬夜書懷．

獨坐悲雙鬢·空堂欲二更·雨中山果落·燈下草蟲鳴·
白髮終難變·黃金不可成·欲知除老病·唯有學無生·

留別丘為

歸鞍白雲外·繚繞出前山·今日又明日·自知心不閒·
親勞簪組送·欲趁鶯花還·一步一迴首·遲々向近關·

唐五言近體詩選　卷之二

王縉

送孫秀才

帝城風日好．況復建平家．玉枕雙紋簟．金盤五色瓜．
山中無魯酒．松下飯胡麻．莫厭田家苦．歸期遠復賒．

裴迪

游感化寺曇興上人院

不遠灞陵邊．安居向十年．入門穿竹徑．留客聽山泉．
鳥囀深林裏．心閒落照前．浮名竟何益．從此願棲禪．

西塔寺陸羽茶泉　統籤云·此詩楊慎以為見之石刻·然羽自在大曆後·則非迪詩矣

竟陵西塔寺·蹤跡尚空虛·不獨支公住·曾經陸羽居·
草堂荒產蛤·茶井冷生魚·一汲清泠水·高風味有餘·

崔興宗

同王右丞送瑗公南歸

行苦神亦秀·泠然谿上松·銅瓶與竹杖·來自祝融峯·
常願入靈嶽·藏經訪遺蹤·南歸見長老·且為說心胸·

丘爲

登潤州城

天末江城晚·登臨客望迷·春潮平島嶼·殘雨隔虹蜺·

鳥與孤帆遠．煙和獨樹低．鄉山何處是．目斷廣陵西．

崔顥

王家少婦 一作古意

十五嫁王昌．盈々入畫堂．自矜年最少，復倚壻為郎．
舞愛前谿綠．歌憐子夜長．閒來鬬百草．度日不成妝．

岐王席觀妓 一作盧女曲

二月春來半．宮中日漸長．柳垂金屋煖．花發玉樓香．
拂匣先臨鏡．調笙更炙簧．還將歌舞態．只擬奉君王．

贈梁州張都督

聞君為漢將．虜騎罷南侵．出塞清沙漠．還家拜羽林．
風霜臣節苦．歲月主恩深．為語西河使．知余報國心．

題潼關樓

客行逢雨霽．歇馬上津樓．山勢雄三輔．關門扼九州．
川從陝路去．河遶華陰流．向晚登臨處．風煙萬里愁．

送單于裴都護赴西河

征馬去翩々．城秋月正圓．單于莫近塞．都護欲臨邊．
漢驛通煙火．胡沙乏井泉．功成須獻捷．未必去經年．

祖詠

送劉高郵棁使入都

常聞積歸思．昨夜又兼秋．鄉路京華遠．王程江水流．
吳歌喧兩岸．楚客醉孤舟．漸覺潮初上．悽然多暮愁．

蘇氏別業

別業居幽處．到來生隱心．南山當戶牖．灃水映園林．
屋覆經冬雪．庭昏未夕陰．寥々人境外．閒坐聽春禽．

陸渾水亭

晝眺伊川曲．巖間霽色明．淺沙平有路．流水漫無聲．
浴鳥沿波聚．潛魚觸釣驚．更憐春岸綠．幽意滿前楹．

過鄭曲

路向榮川谷．晴來望盡通．細煙生水上．圓月在舟中．
岸勢迷行客．秋聲亂草蟲．旅懷勞自慰．淅々有涼風．

題韓少府水亭

梅福幽棲處．佳期不忘還．鳥吟當戶竹．花繞傍池山．
水氣侵階冷．松陰覆座閒．寧知武陵趣．宛在市朝間．

題遠公經臺

蘭若無人到．眞僧出復稀．苔侵行道席．雲溼坐禪衣．
澗鼠緣香案．山蟬噪竹扉．世間長不見．寧止暫忘歸．

中峯居喜見苗發 一作李端詩．

自得中峯住．深林亦閉關．經秋無客到．入夜有僧還．
暗澗泉聲小．荒岡樹影閒．高窗不可望．星月滿空山．

泊揚子津

纔入維揚郡．鄉關此路遙．林藏初過雨．風退欲歸潮．
江火明沙岸．雲帆礙浦橋．客衣今正薄．寒氣近來饒．

李頎

塞下曲

少年學騎射．勇冠并州兒．直愛出身早．邊功沙漠垂．

戎鞭腰下插．羌笛雪中吹．膂力今應盡．將軍猶未知．

寄鏡湖朱處士

澄霽晚流闊．微風吹綠蘋．鱗々遠峯見．淡々平湖春．
芳草日堪把．白雲心所親．何時可爲樂．夢裏東山人．

送相里造入京

子月過秦正．寒雲覆洛城．嗟君未得志．猶作苦辛行．
煖酒嫌衣薄．瞻風候雨晴．春官含笑待．驅馬速前程．

送人尉閩中

可歎芳菲日．分爲萬里情．閶門折垂柳、御苑聽殘鶯．
海戍通閩邑．江航過楚城．客心君莫問、春草是王程．

送顧朝陽還吳

寂寞俱不偶．裏糧空入秦．宦途已可識．歸臥包山春．

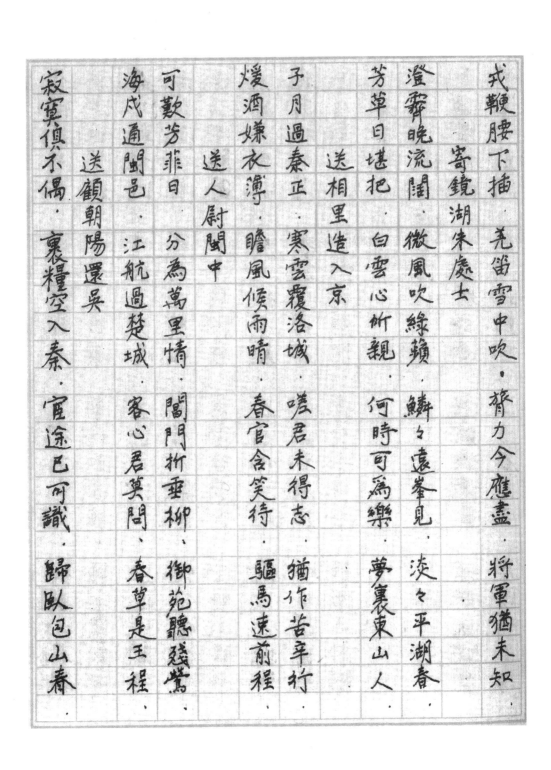

舊國指飛鳥．滄波愁旅人．開樽洛水上．怨別柳花新．

望秦川

秦川朝望迥．日出正東峯．遠近山河淨．逶迤城闕重．
秋聲萬户竹．寒色五陵松．客有歸歟歎．悽其霜露濃．

籬笋

東園長新笋．映日復穿籬．迸出依青嶂．攢生伴綠池．
色因林向背．行逐地高卑．但恐春將老．青々獨爾爲．

綦毋潛

送章彝下第

長安渭橋路．行客別時心．獻賦温泉畢．無媒魏闕深．
黃鸝啼就馬．白日暗歸林．三十名未立．君還惜寸陰．

送賈惲明府兼寄溫張二司户

越客新安別．秦人舊國情．舟乘晚風便．月帶上潮平．
花路西施石．雲峯句踐城．明州報兩掾．相憶二毛生．

送宋秀才

冠古積榮盛．當時數戟門．舊交丞相子．繼世五侯孫．
長劍倚天外．短書盈萬言．秋風一送別．江上黯消魂．

送鄭務拜伯父

各公作逐臣．驅馬拂行塵．舊國問鄭子．勞歌過郢人．
一川花送客．二月柳宜春．奉料竹林興．寬懷此別晨．

若耶溪逢孔九

相逢此溪曲．勝託在煙霧．潭影竹間動．巖陰簷際斜．
人言上皇代．犬吠武陵家．借問淹留日．春風滿若耶．

宿龍興寺

香刹夜忘歸，松青古殿扉，燈明方丈室，珠繫比丘衣，
白日傳心靜，青蓮喻法微，天花落不盡，處々鳥銜飛。

過方尊師院

羽客北山尋，草堂松徑深，養神宗示法，得道不知心，
洞戶逢雙履，寥天有一禽，更登玄圃上，仍種杏成林。

儲光羲

臨江亭五詠 并序

建業為都舊矣，晉主來此，而禮物盡備，雖云在德，亦云在險，京口其地也，嗚呼，有邦國者，有興亡焉，自晉及陳，五世而滅，以今懷古，五篇為詠，臨江亭得其勝概，寄以興言，雖未及乎辯士，亦其志也。

晉家南作帝·京鎮北為關·江水中分地·城樓下帶山·
金陵事已往·青蓋理無還·落日空亭上·愁看龍尾灣·

其二

山橫小苑前、路盡大江邊·此地興王業·無如宋主賢·
潮生建業水·風散廣陵煙·直望清波裏·祇言別有天·

其三

城頭落暮暉·城外擣秋衣·江水青雲挹·蘆花白雪飛、
南州王氣疾·東國海風微·借問商歌客·年々何處歸·

其四

古木嘯寒禽·層城帶夕陰·梁園多綠柳、楚岸盡楓林、
山際空為險·江流長自深·平生何以恨·天地本無心·

其五

京山千里過．孤憤望中來．江勢將天合．城門向水開．
落霞明楚岸．夕露溼吳臺．去々無相識．陳皇安在哉．

洛陽東門送別

東城別故人．臘月邇芳辰．不惜孤舟去．其如兩地春．
花明洛陽苑．水綠小平津．是日不相見．鶯聲徒自新．

泊江潭貽馬校書

明月掛青天．遥々如目前．故人遊畫閣．卻望似雲邊．
水宿依漁父．歌聲和采蓮．采蓮江上曲．今夕為君傳．

詠山泉（一作題山中流泉．）

山中有流水．借問不知名．映地為天色．飛空作雨聲．
轉來深澗滿．分出小池平．恬澹無人見．年々長自清．

貽主客呂郎中（即皇太子贊諭．）

上士既開天．中朝爲得賢．青雲方羽翼．畫省比神仙．
委佩雲霄裏．含香日月邊．君王儻借問．客有上林篇．

秦中送人覲省

二月清江外．遙々餞故人．南山晴有雪．東陌霽無塵．
騎別章臺晚．舟行洛水春．知君梁苑去．日見白華新．

洛中送人還江東

洛城春雨霽．相送下江鄉．樹綠天津道．山明伊水陽．
孤舟從此去．客思一何長．直望清波裏．唯餘落日光．

洛潭送人覲省

清洛帶芝田．東流入大川．舟輕水復急．別望杳如仙．
細草生春岸．明霞散早天．送君唯一曲．當是白華篇．

送人隨大夫和蕃

西方有六國．國々願來賓．聖主今無外．懷柔遣使臣．
大夫開幕府．才子作行人．解劍聊相送．邊城二月春．

隴頭水送別

相送隴山頭．東西隴水流．從來心膽盛．今日為君愁．
暗雪迷征路．寒雲隱戍樓．唯餘旌旆影．相逐去悠々．

重寄虬上人

一作雲峯別．三看花柳朝．青山隔遠路．明月空長霄．
鸛浴西江雨．雞鳴東海潮．此情勞夢寐．況道雙林遙．

藍上茅茨期王維補闕

山中人不見．雲去夕陽過．淺瀨寒魚少．叢蘭秋蝶多．
老年疏世事．幽性樂天和．酒熟思才子．谿頭望玉珂．

王昌齡

胡笳曲

城南虜已合·一夜幾重圍·自有金笳引·能霑出塞衣·
聽臨關月苦·清入海風微·三奏高樓曉、胡人掩涕歸、

潞府客亭寄崔鳳童

蕭條郡城閉·旅館空寒煙·秋月對愁客、山鐘搖暮天·
新知偶相訪·斗酒情依然·一宿阻長會·清風徒滿川、

送李擢遊江東

清洛日夜漲·微風引孤舟·離腸便千里·遠夢生江樓·
楚國橙橘暗·吳門煙雨愁·東南具今古·歸望山雲秋·

過薛明府謁聰上人

欣逢柏梁故·共謁聰公禪·石室無人到·繩牀見虎眠·

陰崖常抱雪．枯澗爲生泉．出處雖云異．同歡在法筵．

寒食即事

晉陽寒食地．風俗舊來傳．雨滅龍蛇火．春生鴻雁天．
泣多流水漲．歌發舞雲旋．西見之推廟．空爲人所憐．

常建

題破山寺後禪院

清晨入古寺．初日照高林．竹逕通幽處．禪房花木深．
山光悅鳥性．潭影空人心．萬籟此都寂．但餘鐘磬音．

送李大都護

單于雖不戰．都護事邊深．君執幕中秘．能爲高士心．
海頭近初月．磧裏多愁陰．西望郭猶子．將分淚滿襟．

聽琴秋夜贈寇尊師

琴當秋夜聽．況是洞中人．一指々應法．一聲々爽神．
寒蟲臨砌急．清吹裊燈頻．何必鍾期耳．高閑自可新．

泊舟盱眙

泊舟淮水次．霜降夕流清．夜久潮侵岸．天寒月近城．
平沙依雁宿．候館聽雞鳴．鄉國雲霄外．誰堪羈旅情．

李嶷

林園秋夜作

林臥避殘暑．白雲長在天．賞心既如此．對酒非徒然．
月色徧秋露．竹聲兼夜泉．涼風懷袖裏．茲意與誰傳．

讀前漢外戚傳

人錄尚書事．家臨御路傍．鑿池通渭水．避暑借明光．
印綬妻封邑．軒車子拜郎．寵因宮掖裏．勢極必先亡．

王諲

閨情

日暮裁縫歇．深嫌氣力微．纔能收篋笥．懶起下簾帷．
怨坐空然燭．愁眠不解衣．昨來頻夢見．夫婿莫應知．

周萬

送沈芳謁李觀察求仕進 自注云．此君曾浪跡長安．因以詩讓之．

往日長安路．歡遊不惜年．為貪盧女曲．用盡沈郎錢．
身老方投刺．途窮始著鞭．猶聞有知己．此去不徒然．

劉長卿

碧澗別墅喜皇甫侍御相訪

荒村帶返照．落葉亂紛々．古路無行客．寒山獨見君．
野橋經雨斷．澗水向田分．不為憐同病．何人到白雲．

卻歸睦州至七里灘下作

南歸猶謫宦．獨上子陵灘．江樹臨洲晚．沙禽對水寒．
山開斜照在．石淺亂流難．惆悵梅花發．年々此地看．

對酒寄嚴維

陋巷喜陽和．衰顏對酒歌．懶從華髮亂．閒任白雲多．
郡簡容垂釣．家貧學弄梭．門前七里瀨．早晚子陵過．

新年作

鄉心新歲切．天畔獨潸然．老至居人下．春歸在客先．
嶺猿同旦暮．江柳共風煙．已似長沙傅．從今又幾年．

朱放自杭州與故里相使君立碑回因以奉簡吏部楊
侍郎製文

片石羊公後．淒涼江水濱．好辭千古事．墮淚萬家人．
鵩集占書久．鸞回刻篆新．不堪相顧恨．文字日生塵．

送裴郎中貶吉州

亂軍交白刃．一騎出黃塵．漢節同歸闕．江帆共逐臣．
猿愁歧路晚．梅作異方春．知己酇侯在．應憐脫粟人．

月下呈章秀才 八元

自古悲搖落．誰人奈此何．夜蛩偏傍枕．寒鳥數移柯．
向老三年謫．當秋百感多．家貧惟好月．空愧子猷過．

宿北山禪寺蘭若

上方鳴夕磬．林下一僧還．密行傳人少．禪心對虎閑．
青松臨古路．白月滿寒山．舊識窗前桂．經霜更待攀．

赴新安別梁侍郎

新安君莫問．此路水雲深．江海無行跡．孤舟何處尋．
青山空向淚．白月豈知心．縱有餘生在．終傷老病侵．

江州留別薛六柳八二員外

江海相逢少．東南別處長．獨行風嫋嫋．相去水茫茫．
白首辭同舍．青山背故鄉．離心與潮信．每日到潯陽．

和州留別穆郎中

播遷悲遠道．搖落感衰容．今日猶多難．何年更此逢．
世交黃葉散．鄉路白雲重．明發看煙樹．唯聞江北鐘．

送金昌宗歸錢塘

新家浙江上．獨泛落潮歸．秋水照華髮．涼風生褐衣．
柴門嘶馬少．藜杖拜人稀．惟有陶潛柳．蕭條對掩扉．

偶然作

野寺長依止．田家或往還．老農開古地．夕鳥入寒山．
書劍身同廢．煙霞吏共閒．豈能將白髮．扶杖出人間．

送睦州孫沅自本州卻歸句章新營所居

故里歸成客．新家去未安．詩書滿蝸舍．征稅及漁竿．
火種山田薄．星居海島寒．憐君不得已．步々別離難．

見秦系離婚後出山居作

豈知偕老重．垂老絕良姻．郗氏誠難負．朱家自愧貧．
綻衣留欲故．織錦罷經春．何況蘼蕪綠．空山不見人．

酬秦系

鶴書猶未至．那出白雲來．舊路經年別．寒潮每日迴．
家空歸海燕．人老發江梅．最憶門前柳．閑居手自栽．

送朱山人放越州賊退後歸山陰別業

越中初罷戰．江上送歸橈．南渡無來客．西陵自落潮．
空城垂細柳．舊井廢春苗．閭里相逢少．鶯花共寂寥．

過前安宜張明府郊居

寂寥東郭外．白首一先生．解印孤琴在．移家五柳成．
夕陽臨水釣．春雨向田耕．終日空林下．何人識此情．

寄普門上人

白雲幽臥處．不向世人傳．閒在千峯裏．心知獨夜禪．
辛勤羞薄祿．依止愛閒田．惆悵王孫草．青々又一年．

岳陽館中望洞庭湖

萬古巴丘戍．平湖此望長．問人何淼々．愁暮更蒼々、
疊浪浮元氣．中流沒太陽．孤舟有歸客．早晚達瀟湘．

代邊將有懷

少年辭魏闕．白首向沙場．瘦馬戀秋草，征人思故鄉．
暮笳吹塞月．曉甲帶胡霜．自到雲中郡．于今百戰强．

送李中丞之襄州 一作送李中丞歸漢陽

流落征南將．曾驅十萬師．罷歸無舊業．老去戀明時．
獨立三邊靜．輕生一劍知．茫々漢江上、日暮復何之．

奉使至中州傷經陷沒

舉目傷蕪沒．何年此戰爭．歸人失舊里．老將守孤城．
廢戍山煙出．荒田野火行．獨憐漸水上．時亂亦能清．

穆陵關北逢人歸漁陽

逢君穆陵路．匹馬向桑乾．楚國蒼山古．幽州白日寒．
城池百戰後．耆舊幾家殘．處々蓬蒿遍．歸人掩淚看．

赴巴南書情寄故人

南過三湘去．巴人此路偏．謫居秋瘴裏．歸處夕陽邊．
直道天何在．愁容鏡亦憐．裁書欲誰訴．無淚可潸然．

恩敕重推使牒追赴蘇州次前溪館作

漸入雲峯裏．愁看驛路閑．亂鴉投落日．疲馬向空山．
且喜憐非罪．何心戀末班．天南一萬里．誰料得生還．

謫官後卻歸故村將過虎丘悵然有作

萬事依然在．無如歲月何．邑人憐白髮．庭樹長新柯．
故老相逢少．同官不見多．唯餘舊山路．惆悵枉帆過．

秋日登吳公臺上寺遠眺寺即陳將吳明徹戰地

古臺搖落後．秋入望鄉心．野寺人來少．雲峯水隔深．
夕陽依舊壘．寒磬滿空林．惆悵南朝事．長江獨至今．

晚次苦竹館卻憶干越舊遊

匹馬風塵色．千峯旦暮時．遥看落日盡．獨向遠山遲．
故驛花臨道．荒村竹映籬．誰憐卻迴首．步步戀南枝．

集梁耿開元寺所居院

到君幽臥處．爲我掃莓苔．花雨晴天落．松風終日來．
路經深竹過．門向遠山開．豈得長高枕．中朝正用才．

送河南元判官赴河南句當苗稅充百官俸錢

春草長河曲．離心共渺然．方收漢家俸．獨向汝陽田．
鳥雀空城在．榛蕪舊路遷．山東征戰苦．幾處有人煙．

送裔判官赴福州

揚帆向何處．插羽逐征東．夷落人煙迥．王程鳥路通．
江流回澗底．山色聚閩中．君去凋殘後．應憐百越空．

海鹽官舍早春

小邑滄洲吏．新年白首翁．一官如遠客．萬事極飄蓬．
柳色孤城裏．鶯聲細雨中．羈心早已亂．何事更春風．

罷所留繫寄張十四

不見君來久．冤深意未傳．冶長空得罪．夷甫豈言錢．
直道天何在．愁容鏡亦憐．因書欲自訴．無淚可潸然．

過橫山顧山人草堂

只見山相掩．誰言路尚通．人來千嶂外．犬吠百花中．
細草香飄雨．垂楊閒卧風．卻尋樵徑去．惆悵綠溪東．

尋南溪常山道人隱居（一作尋常山南溪道士隱居）

一路經行處，莓苔見履痕。白雲依靜渚，春草閉閒門。
過雨看松色，隨山到水源。溪花與禪意，相對亦忘言。

餞別王十一南遊

望君煙水闊，揮手淚霑巾。飛鳥沒何處，青山空向人。
長江一帆遠，落日五湖春。誰見汀洲上，相思愁白蘋。

送崔處士先適越

山陰好雲物，此去又春風。越鳥聞花裏，曹娥想鏡中。
小江潮易滿，萬井水皆通。徒羨扁舟客，微官事不同。

送陸羽之茅山寄李延陵

延陵衰草遍，有路問茅山。雞犬驅將去，煙霞擬不還。
新家彭澤縣，舊國穆陵關。處處逃名姓，無名亦是閒。

送韓司直

遊吳還入越．來往任風波．復送王孫去．其如春草何．
岸明殘雪在．潮滿夕陽多．季子楊柳廟．停舟試一過．

蕭穎士

送張翬下第歸江東

俱飛仍失路．綵服遍清波．地積東南美．朝遺甲乙科．
客愁千里別．春色五湖多．明日舊山去．其如相望何．

王翰

子夜春歌

春氣滿林香．春遊不可忘．落花吹欲盡．垂柳折還長．

桑女淮南曲．金鞍塞北裝．行々小垂手．日暮渭川陽．

孟雲卿

途中寄友人

昔時聞遠路．謂是等閑行．及到求人地．始知為客情．
事將公道背．塵遶馬蹄生．儻使長如此．便堪休去程．

張巡

聞笛

岧嶢試一臨．虜騎附城陰．不辨風塵色．安知天地心．
營開邊月近．戰苦陣雲深．旦夕更樓上．遙聞橫笛音．

孟浩然

和張明府登鹿門作

忽示登高作．能寬旅寓情．弦歌既多暇．山水思彌清．
草得風光動．虹因雨氣成．謬承巴里和．非敢應同聲．

望洞庭湖贈張丞相 一作臨洞庭．

八月湖水平．涵虛混太清．氣蒸雲夢澤．波撼岳陽城．
欲濟無舟楫．端居恥聖明．坐觀垂釣者．徒有羨魚情．

贈道士參寥

蜀琴久不弄．玉匣細塵生．絲脆弦將斷．金徽色尚榮．
知音徒自惜．聾俗本相輕．不遇鍾期聽．誰知鸞鳳聲．

京還贈張維 一作王．

拂衣何處去．高枕南山南．欲徇五斗祿．其如七不堪．

早朝非晚起．束帶異抽簪．因向智者說．遊魚思舊潭．

宿桐廬江寄廣陵舊遊

山暝聞猿愁．滄江急夜流．風鳴兩岸葉．月照一孤舟．
建德非吾土．維揚憶舊遊．還將兩行淚．遙寄海西頭．

唐城館中早發寄楊使君

犯霜驅曉駕．數里見唐城．旅館歸心遍．荒村客思盈．
訪人留後信．策蹇赴前程．欲識離魂斷．長空聽雁聲．

澗南即事貽皎上人

弊廬在郭外．素產惟田園．左右林野曠．不聞朝市喧．
釣竿垂北澗．樵唱入南軒．書取幽棲事．將尋靜者言．

早寒江上有懷（一作江上思歸）

木落雁南度．北風江上寒．我家襄水上．遙隔楚雲端．

鄉淚客中盡．孤帆天際看．迷津欲有問．平海夕漫々．

東京留別諸公（一題作京還別新豐諸友）

吾道昧所適．驅車還向東．主人開舊館．留客醉新豐．
樹繞溫泉綠．塵遮晚日紅．拂衣從此去．高步躡華嵩．

都下送辛大之鄂

南國辛居士．言歸舊竹林．未逢調鼎用．徒有濟川心．
予亦忘機者．田園在漢陰．因君故鄉去．還寄式微吟．

送席大

惜爾懷其寶．迷邦倦客遊．江山歷全楚．河洛越成周．
道路疲千里．鄉園老一丘．知君命不偶．同病亦同憂．

廣陵別薛八（一題作送友東歸）

士有不得志．悽々吳楚間．廣陵相遇罷．彭蠡泛舟還．

檣出江中樹．波連海上山．風帆明日遠．何處更追攀．

寒夜張明府宅宴

瑞雪初盈尺．寒宵始半更．列筵邀酒伴．刻燭限詩成．
香炭金爐煖．嬌弦玉指清．醉來方欲臥．不覺曉雞鳴．

與諸子登峴山

人事有代謝．往來成古今．江山留勝跡．我輩復登臨．
水落魚梁淺．天寒夢澤深．羊公碑尚在．讀罷淚沾襟．

與顏錢塘登障樓（一作樟亭）望潮作

百里聞雷震．鳴弦暫輟彈．府中連騎出．江上待潮觀．
照日秋空迥．浮天渤澥寬．驚濤來似雪．一坐凛生寒．

梅道士水亭

傲吏非凡吏．名流即道流．隱居不可見．高論莫能酬．

水接仙源近．山藏鬼谷幽．再來迷處所．花下問漁舟．

題大禹寺義公禪房

義公習禪處．結構依空林．戶外一峯秀．階前衆壑深．
夕陽連雨足．空翠落庭陰．看取蓮花淨．應知不染心．

過景空寺故融公蘭若（一作過潛上人舊房．一作悼正弘禪師．）

池上青蓮宇．林間白馬泉．故人成異物．過客獨潸然．
既禮新松塔．還尋舊石筵．平生竹如意．猶挂草堂前．

春中喜王九相尋（一題作晚春）

二月湖水清．家々春鳥鳴．林花掃更落．徑草踏還生．
酒伴來相命．開尊共解酲．當杯已入手．歌妓莫停聲．

李氏園林臥疾

我愛陶家趣．園林無俗情．春雷百卉坼．寒食四鄰清．

伏枕嗟公幹．歸田羨子平．年々白社客．空滯洛陽城．

過故人莊

故人具雞黍．邀我至田家．綠樹村邊合．青山郭外斜．
開筵面場圃．把酒話桑麻．待到重陽日．還來就菊花．

歲暮歸南山 一作歸故園作．一作歸終南山．

北闕休上書．南山歸敝廬．不才明主棄．多病故人疏．
白髮催年老．青陽逼歲除．永懷愁不寐．松月夜窗虛．

泝江至武昌

家本洞庭上．歲時歸思催．客心徒欲速．江路苦邅回．
殘凍因風解．新正度臘開．行看武昌柳．髣髴映樓臺．

舟中曉 一作晚．一作望

挂席東南望．青山水國遙．舳艫爭利涉．來往接風潮．

問我今何去．天台訪石橋．坐看霞色曉．疑是赤城標．

赴京途中遇雪

迢遞秦京道．蒼茫歲暮天．窮陰連晦朔．積雪滿山川．
落雁迷沙渚．饑烏集野田．客愁空佇立．不見有人煙．

閨情

一別隔炎涼．君衣忘短長．裁縫無處等．以意忖情量．
畏瘦疑傷窄．防寒更厚裝．半啼封裹了．知欲寄誰將．

美人分香

豔色本傾城．分香更有情．髻鬟垂欲解．眉黛拂能輕．
舞學平陽態．歌翻子夜聲．春風狹斜道．含笑待逢迎．

傷峴山雲表觀主

少小學書劍．秦吳多歲年．歸來一登眺．陵谷尚依然．

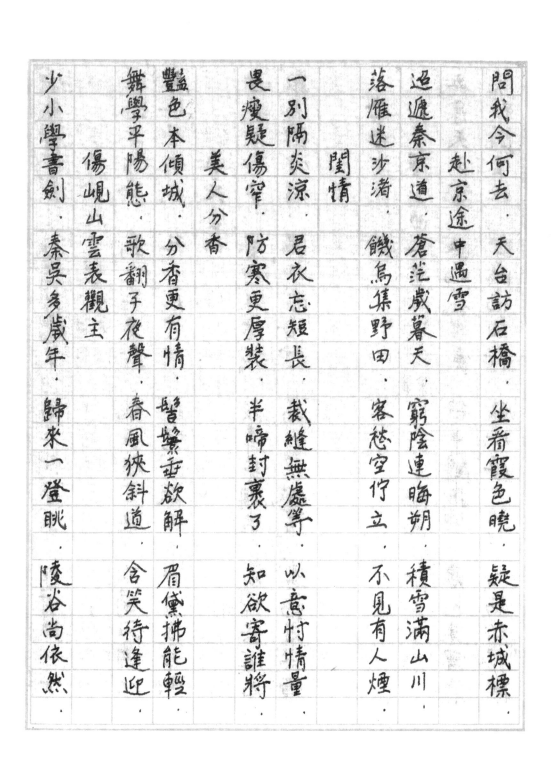

豈意餐霞客・溘隨朝露先・因之問閭里・把臂幾人全・

歲除夜有懷（一題作除夜・）

迢遞三巴路・羈危萬里身・亂山殘雪夜・孤燭異鄉人・
漸與骨肉遠・轉於奴僕親・那堪正飄泊・來日歲華新・

尋天台山

吾愛太乙子・餐霞臥赤城・欲尋華頂去・不憚惡溪名・
歇馬憑雲宿・揚帆截海行・高高翠微裏・遙見石梁橫・

李白

塞下曲三首（原共六首・此第一首・）

五月天山雪・無花祇有寒・笛中聞折柳・春色未曾看・
曉戰隨金鼓・宵眠抱玉鞍・願將腰下劍・直為斬樓蘭・

其二　原第三首

駿馬似風飈．鳴鞭出渭橋．彎弓辭漢月．插羽破天驕．
陣解星芒盡．營空海霧消．功成畫麟閣．獨有霍嫖姚．

其三　原第五首

塞虜乘秋下．天兵出漢家．將軍分虎竹．戰士臥龍沙．
邊月隨弓影．胡霜拂劍花．玉關殊未入．少婦莫長嗟．

宮中行樂詞八首

奉詔作．明皇坐沈香亭．意有所感．欲得白為樂章
召入．而白已醉．左右以水頮面．稍解．援筆成文
宛麗精切．

小小生金屋．盈盈在紫微．山花插寶髻．石竹繡羅衣．
每出深宮裏．常隨步輦歸．只愁歌舞散．化作綵雲飛．

其二

柳色黃金嫩．梨花白雪香．玉樓巢翡翠．金殿鎖鴛鴦．
選妓隨雕輦．徵歌出洞房．宮中誰第一．飛燕在昭陽．

其三

盧橘為秦樹．蒲萄出漢宮．煙花宜落日．絲管醉春風．
笛奏龍吟水．簫鳴鳳下空．君王多樂事．還與萬方同．

其四

玉殿春歸日．金宮樂事多．後庭朝未入．輕輦夜相過．
笑出花間語．嬌來竹下歌．莫教明月去．留著醉嫦娥．

其五

繡戶香風暖．紗窗曙色新．宮花爭笑日．池草暗生春．
綠樹聞歌鳥．青樓見舞人．昭陽桃李月．羅綺自相親．

其六

今日明光裏．還須結伴遊．春風開紫殿．天樂下朱樓．
豔舞全知巧．嬌歌半欲羞．更憐花月夜．宮女笑藏鉤．

其七

寒雪梅中盡．春風柳上歸．宮鶯嬌欲醉．簷燕語還飛．
遲日明歌席．新花豔舞衣．晚來移綵仗．行樂泥光輝．

其八

水綠南薰殿．花紅北闕樓．鶯歌聞太液．鳳吹繞瀛洲．
素女鳴珠珮．天人弄綵毬．今朝風日好．宜入未央遊．

贈孟浩然

吾愛孟夫子．風流天下聞．紅顏棄軒冕．白首臥松雲．
醉月頻中聖．迷花不事君．高山安可仰．徒此揖清芬．

贈郭季鷹

河東郭有道．於世若浮雲．盛德無我位．清光獨映君．
恥將雞並食．長與鳳為群．一擊九千仞．相期凌紫氛．

口號贈徵君鴻 此公時被徵

陶令辭彭澤．梁鴻入會稽．我尋高士傳．君與古人齊．
雲臥留丹壑．天書降紫泥．不知楊伯起．早晚向關西．

贈昇州王使君忠臣

六代帝王國．三吳佳麗城．賢人當重寄．天子借高名．
巨海一邊靜．長江萬里清．應須救趙策．未肯棄侯嬴．

贈崔秋浦三首 之三

河陽花作縣．秋浦玉為人．地逐名賢好．風隨惠化春．
水從天漢落．山逼畫屏新．應念金門客．投沙弔楚臣．

寄當塗趙少府炎

晚登高樓望．木落雙江清．寒山饒積翠．秀色連州城．
目送楚雲盡．心悲胡雁聲．相思不可見．迴首故人情．

寄王漢陽

南湖秋月白．王宰夜相邀．錦帳郎官醉．羅衣舞女嬌．
笛聲喧沔鄂．歌曲上雲霄．別後空愁我．相思一水遙．

望漢陽柳色寄王宰

漢陽江上柳．望客引東枝．樹々花如雪．紛々亂若絲．
春風傳我意．草木發前墀．寄謝弦歌宰．西來定未遲．

贈錢徵君少陽 一作送趙雲卿

白玉一杯酒．綠楊三月時．春風餘幾日．兩鬢各成絲．
秉燭唯須飲．投竿也未遲．如逢渭水獵．猶可帝王師．

江夏別宋之悌

楚水清若空．遙將碧海通．人分千里外．興在一杯中．
谷鳥吟晴日．江猿嘯晚風．平生不下淚．於此泣無窮．

渡荆門送別

渡遠荆門外．來從楚國遊．山隨平野盡．江入大荒流．
月下飛天鏡．雲生結海樓．仍憐故鄉水．萬里送行舟．

送張舍人之江東

張翰江東去．正值秋風時．天清一雁遠．海闊孤帆遲．
白日行欲暮．滄波杳難期．吳洲如見月．千里幸相思．

送白利從金吾董將軍西征

西羌延國討．白起佐軍威．劍決浮雲氣．弓彎明月輝．
馬行邊草綠．旌卷曙霜飛．抗手凛相顧．寒風生鐵衣．

送友人

青山横北郭·白水遶東城·此地一爲別·孤蓬萬里征·
浮雲遊子意·落日故人情·揮手自茲去·蕭々班馬鳴·

送友人入蜀

見說蠶叢路·崎嶇不易行·山從人面起·雲傍馬頭生·
芳樹籠秦棧·春流遶蜀城·升沈應已定·不必問君平·

春日遊羅敷潭

行歌入谷口·路盡無人躋·攀崖度絕壑·弄水尋迴溪·
雲從石上起·客到花間迷·淹留未盡興·日落葦峯西·

秋登宣城謝朓北樓

江城如畫裏·山曉望晴空·兩水夾明鏡·雙橋落彩虹·
人煙寒橘柚·秋色老梧桐·誰念北樓上·臨風懷謝公·

登敬亭北二小山余時送客逢崔侍御並登此地

送客謝亭北．逢君縱酒還．屈盤戲白馬，大笑上青山．
迴鞭指長安．西日落秦關．帝鄉三千里．杳在碧雲間．

太原早秋

歲落衆芳歇．時當大火流．霜威出塞早．雲色渡河秋．
夢繞邊城月．心飛故國樓．思歸若汾水．無日不悠々．

奔亡道中 五首之四

函谷如玉關．幾時可生還．洛陽爲易水．嵩嶽是燕山．
俗變羌胡語．人多沙塞顏．申包惟慟哭．七月鬢毛斑．

宿五松山下荀媼家

我宿五松下．寂寥無所歡．田家秋作苦．鄰女夜舂寒．
跪進雕胡飯．月光明素盤，令人慚漂母．三謝不能餐．

金陵 三首之二

地擁金陵勢．城迴江水流．當時百萬户．夾道起朱樓．
亡國生春草．離宮沒古丘．空餘後湖月．波上對瀛州．

其三

六代興亡國．三杯為爾歌．苑方秦地少．山似洛陽多．
古殿吳花草．深宮晉綺羅．併隨人事滅．東逝與滄波．

宿巫山下

昨夜巫山下．猿聲夢裏長．桃花飛綠水．三月下瞿塘．
雨色風吹去．南行拂楚王．高丘懷宋玉．訪古一霑裳．

夜泊牛渚懷古（此地即謝尚聞袁宏詠史處．）

牛渚西江夜．青天無片雲．登舟望秋月．空憶謝將軍．
余亦能高詠．斯人不可聞．明朝挂帆席．楓葉落紛々．

訪戴天山道士不遇

犬吠水聲中．桃花帶雨濃．樹深時見鹿．溪午不聞鐘．
野竹分青靄．飛泉挂碧峯．無人知所去．愁倚兩三松．

謝公亭（蓋謝朓范雲之所遊）

謝公離別處．風景每生愁．客散青天月．山空碧水流．
池花春映日．窗竹夜鳴秋．今古一相接．長歌懷舊遊．

胡無人

十萬羽林兒．臨洮破郅支．殺添胡地骨．降足漢營旗．
塞闊牛羊散．兵休帳幕移．空餘隴頭水．嗚咽向人悲．

觀獵

太守耀清威．乘閒弄晚暉．江沙橫獵騎．山火遶行圍．
箭逐雲鴻落．鷹隨月兔飛．不知白日暮．歡賞夜方歸．

唐五言近體詩選　卷之三

韋應物

淮上喜會梁川故人

江漢曾為客．相逢每醉還．浮雲一別後．流水十年間．
歡笑情如舊．蕭疏鬢已斑．何因不歸去．淮上對秋山．

揚州偶會前洛陽盧耿主簿

楚塞故人稀．相逢本不期．猶存袖裏字．忽怪鬢中絲．
客舍盈樽酒．江行滿篋詩．更能連騎出．還似洛橋時．

月下會徐十一草堂

空齋無一事．岸幘故人期．暫輟觀書夜．還題玩月詩．

遠鐘高枕後．清露捲簾時．暗覺新秋近．殘河欲曙遲．

趙府候曉呈兩縣僚友

趙府不遑安．中宵出戶看．滿天星尚在．近壁燭仍殘．
立馬頻驚曙．垂簾卻避寒．可憐同宦者．應悟下流難．

贈崔員外

一別十年事．相逢淮海濱．還思洛陽日．更話府中人．
且對清觴滿．寧知白髮新．忽々何處去．車馬冒風塵．

送宣城路錄事

江上宣城郡．孤舟遠到時．雲林謝家宅．山水敬亭祠．
綱紀多閑日．觀遊得賦詩．都門且盡醉．此別數年期．

送元倉曹歸廣陵

官閑得去住．告別戀音徽．舊國應無業．他鄉到是歸．

楚山明月滿．淮甸夜鐘微．何處孤舟泊．遥々心曲違．

送唐明府赴溧水 三任縣事

三為百里宰．已過十餘年．祇嘆官如舊．旋聞邑屢遷．
魚鹽濱海利．薑蔗傍湖田．到此安甿俗．琴堂又晏然．

送張侍御祕書江左覲省

莫歎都門路．歸無駟馬車．繡衣猶在篋．芸閣已觀書．
沃野收紅稻．長江釣白魚．晨餐亦可薦．名利欲何如．

賦得暮雨送李胄 一作渭

楚江微雨裏．建業暮鐘時．漠々帆來重．冥々鳥去遲．
海門深不見．浦樹遠含滋．相送情無限．沾襟比散絲．

送別覃孝廉

思親自當去．不第未蹉跎．家住青山下．門前芳草多．

秭歸通遠徼·巫峽注驚波·州舉年年事·還期復幾何·

送汾城王主簿

少年初帶印·汾上又經過·芳草歸時徧·情人故郡多·
禁鐘春雨細·宮樹野煙和·相望東橋別·微風起夕波·

奉送從兄宰晉陵

東郊暮草歇·千里夏雲生·立馬愁將夕·看山獨送行·
依微吳苑樹·迢遞晉陵城·慰此斷行別·邑人多頌聲·

淮上遇洛陽李主簿

結茅臨古渡·臥見長淮流·窗裏人將老·門前樹已秋·
寒山獨過雁·暮雨遠來舟·日夕逢歸客·那能忘舊遊·

至開化里壽春公故宅

寧知府中吏·故宅一徘徊·歷階存往敬·瞻位泣餘哀·

廢井沒荒草．陰牖生綠苔．門前車馬散．非復昔時來．

陪元侍御春遊

何處醉春風．長安西復東．不因俱罷職．豈得此時同．
貰酒宣平里．尋芳下苑中．往來楊柳陌．猶避昔年驄．

詣西山深師

曹溪舊弟子．何緣住此山．世有征戰事．心將流水閑．
掃林驅虎出．宴坐一林間．藩守寧為重．擁騎造雲關．

夜對流螢作

月暗竹亭幽．螢光拂席流．還思故園夜．更度一年秋．
自愜觀書興．何慚秉燭遊．府中徒冉冉．明發好歸休．

劉灣

即席賦露中菊

衆芳春競發．寒菊露偏滋．受氣何曾異．開花獨自遲．
晚成猶有分．欲採未過時．勿棄東籬下．看隨秋草衰．

張謂

送裴侍御歸上都

楚地勞行役．秦城罷鼓鼙．舟移洞庭岸．路出武陵谿．
江月隨人影．山花趁馬蹄．離魂將別夢．先已到關西．

道林寺送莫侍御（一作麓州精舍送莫侍御歸寧）

何處堪留客．香林隔翠微．薜蘿通驛騎．山竹挂朝衣．
霜引臺烏集．風驚塔雁飛．飲茶勝飲酒．聊以送君歸．

別睢陽故人

少小客遊梁．依然似故鄉．城池經戰陣．人物恨存亡．
夏雨桑條綠．秋風麥穗黃．有書無寄處．相送一霑裳．

郡南亭子宴（一作春宴）

亭子春城外．朱門向綠林．柳枝經雨重．松色帶煙深．
漉酒迎山客．穿池集水禽．白雲常在眼．聊足慰人心．

登金陵臨江驛樓

古戍依重險．高樓見五梁．山根盤驛道．河水浸城牆．
庭樹巢鸚鵡．園花隱麝香．忽然江浦上．憶作捕魚郎．

同王徵君湘中有懷（一作嚴維詩）

八月洞庭秋．瀟湘水北流．還家萬里夢．為客五更愁．
不用開書帙．偏宜上酒樓．故人京洛滿．何日復同遊．

岑參

寄左省杜拾遺

聯步趨丹陛．分曹限紫微．曉隨天仗入．暮惹御香歸．
白髮悲花落．青雲羨鳥飛．聖朝無闕事．自覺諫書稀．

寄宇文判官

西行殊未已．東望何時還．終日風與雪．連天沙復山．
二年領公事．兩度過陽關．相憶不可見．別來頭已斑．

江行夜宿龍吼灘臨眺思峨眉隱者兼寄幕中諸公

官舍臨江口．灘聲人慣聞．水煙晴吐月．山火夜燒雲．
且欲尋方士．無心戀使君．異鄉何可住．況復久離群．

漢川山行呈成少尹

西蜀方攜手．南宮憶比肩．平生猶不淺．羈旅轉相憐．

山店雲迎客．江村犬吠船．秋來取一醉．須待月光眠．

酬崔十三侍御登玉壘山思故園見寄

玉壘天晴望．諸峯盡覺低．故園江樹北．斜日嶺雲西．
曠野看人小．長空共鳥齊．高山徒仰止．不得日攀躋．

送李郎尉武康

潘郎腰綬新．雲上縣花春．山色低官舍．湖光映吏人．
不須嫌邑小．莫即恥家貧．更作東征賦．知君有老親．

磧西頭送李判官入京

一身從遠使．萬里向安西．漢月垂鄉淚．胡沙損馬蹄．
尋河愁地盡．過磧覺天低．送子軍中飲．家書醉裏題．

滻水東店送唐子歸嵩陽

野店臨官路．重城壓御堤．山開灞水北．雨過杜陵西．

歸夢秋能作．鄉書醉懶題．橋回忽不見．征馬尚聞嘶．

送裴判官自賊中再歸河陽幕府

東郊未解圍．忠義似君稀．誤落胡塵裏．能持漢節歸．
卷簾山對酒．上馬雪沾衣．卻向嫖姚幕．翩翩去若飛．

送王録事卻歸華陰王録事自華陰尉授虢州録事參軍，向日卻復舊官．

相送欲狂歌．其如此别何．攀轅人共惜．解印日無多．
仙掌雲重見．關門路再過．雙魚莫不寄．縣外是黄河．

送孟孺卿落第歸濟陽

獻賦頭欲白．還家衣已穿．羞過灞陵樹．歸種汶陽田．
客舍少鄉信．牀頭無酒錢．聖朝徒側席．濟上獨遺賢．

送楚丘麴少府赴官

青袍美少年．黄綬一神仙．微子城東面．梁王苑北邊．

桃花色似馬．榆莢小於錢．單父聞相近．家書早爲傳．

送鄭少府赴滏陽

子眞河朔尉．邑里帶清漳．春草迎袍色．晴花拂綬香．
青山入官舍．黃鳥度宮牆．若到銅臺上．應憐魏寢荒．

送蒲秀才擢第歸蜀 按此詩上四句與送薛彥偉詩相同．

去馬疾如飛．看君戰勝歸．新登郄詵第．更着老萊衣．
漢水行人少．巴山客舍稀．向南風候暖．臘月見春輝．

送張都尉東歸

白羽綠弓弦．年々只在邊．還家劍鋒盡．出塞馬蹄穿．
逐虜西踰海．平胡北到天．封侯應不遠．燕頷豈徒然．

祁四再赴江南別詩

萬里來又去．三湘東復西．別多人換鬢．行遠馬穿蹄．

山驛秋雲冷．江帆暮雨低．憐君不解說．相憶在書題．

虢州送天平何丞入京市馬

關樹晚蒼々．長安近夕陽．回風醒別酒．細雨溼行裝．
習戰邊塵黑．防秋塞草黃．知君市駿馬．不是學燕王．

陝州月城樓送辛判官入奏

送客飛鳥外．城頭樓最高．樽前遇風雨．窗裏動波濤．
謁帝向金殿．隨身唯寶刀．相思灞陵月．祇有夢偏勞．

送楊子

斗酒渭城邊．壚頭耐醉眠．梨花千樹雪．楊葉萬條煙．
惜別添壺酒．臨岐贈馬鞭．看君潁上去．新月到家圓．

發臨洮將赴北庭留別 得飛字

聞說輪臺路．年々見雪飛．春風曾不到．漢使亦應稀．

白草通疏勒．青山過武威．勤王敢道遠．私向夢中歸．

臨洮泛舟趙仙舟自北庭罷使還京

白髮輪臺使．邊功竟不成．雲沙萬里地．孤負一書生．
池上風迴舫．橋西雨過城．醉眠鄉夢罷．東望羨歸程．

奉陪封大夫宴得征字時封公兼鴻臚卿

西邊虜盡平．何處更專征．幕下人無事．軍中政已成．
座參殊俗語．樂雜異方聲．醉裏東樓月．偏能照列卿．

虢州西亭陪端公宴集

紅亭出鳥外．駿馬繫雲端．萬嶺窗前睥．千家肘底看．
開瓶酒色嫩．踏地葉聲乾．為遇霜臺使．重裘也覺寒．

與鄠縣源少府泛渼陂得人字

載酒入天色．水涼難醉人．清搖縣郭動．碧洗雲山新．

吹笛驚白鷺．垂竿跳紫鱗．憐君公事後．陂上日娛賓．

與鮮于庶子泛漢江

急管更須吹．杯行莫遣遲．酒光紅琥珀．江色碧琉璃．
日影浮歸櫂．蘆花罥釣絲．山公醉不醉．問取葛彊知．

登總持閣

高閣逼諸天．登臨近日邊．晴開萬井樹．愁看五陵煙．
檻外低秦嶺．窗中小渭川．早知清淨理．常願奉金仙．

宿岐州北郭嚴給事別業

郭外山色暝．主人林館秋．疏鐘入臥內．片月到牀頭．
遥夜惜已半．清言殊未休．君雖在青瑣．心不忘滄洲．

省中即事

華省謬為郎．蹉跎鬢已蒼．到來恆襆被．隨例且含香．

竹影遮窗暗·花陰拂簟涼·君王新賜筆·草奏向明光·

尋陽七郎中宅即事

萬事信蒼々·機心久已忘·無端來出守·不是厭為郎·
雨滴芭蕉赤·霜催橘子黃·逢君開口笑·何處有他鄉·

虢州臥疾喜劉判官相過水亭

臥疾嘗晏起·朝來頭未梳·見君勝服藥·清話病能除·
低柳共繫馬·小池堪釣魚·觀棋不覺暝·月出水亭初·

武威春暮聞宇文判官西使還已到晉昌

片雨過城頭·黃鸝上戍樓·塞花飄客淚·邊柳挂鄉愁·
白髮悲明鏡·青春換敝裘·君從萬里使·聞已到瓜州·

題新鄉王釜廳壁

憐君守一尉·家計復清貧·祿米嘗不足·俸錢供與人·

城頭蘇門樹．陌上黎陽塵．不是舊相識．聲同心自親．

初授官題高冠草堂

三十始一命．宦情多欲闌．自憐無舊業．不敢恥微官．
澗水吞樵路．山花醉藥欄．祇緣五斗米．辜負一漁竿．

過酒泉憶杜陵別業

昨夜宿祁連．今朝過酒泉．黃沙西際海．白草北連天．
愁裏難消日．歸期尚隔年．陽關萬里夢．知處杜陵田．

早發焉耆懷終南別業

曉笛別鄉淚．秋冰鳴馬蹄．一身虜雲外．萬里胡天西．
終日見征戰．連年聞鼓鼙．故山在何處．昨日夢清谿．

首秋輪臺

異域陰山外．孤城雪海邊．秋來唯有雁．夏盡不聞蟬．

雨拂氈牆溼．風搖毳幕羶．輪臺萬里地．無事歷三年．

北庭作

雁塞通鹽澤．龍堆接醋溝．孤城天北畔．絕域海西頭．秋雪春仍下．朝風夜不休．可知年四十．猶自未封侯．

巴南舟中思陸渾別業

瀘水南州遠．巴山北客稀．嶺雲撩亂起．谿鷺等閑飛．鏡裏愁衰鬢．舟中換旅衣．夢魂知憶處．無夜不先歸．

送劉郎將歸河東 同用邊字

借問虎賁將．從軍凡幾年．殺人寶刀缺．走馬貂裘穿．山雨醒別酒．關雲迎渡船．謝君賢主將．豈忘輪臺邊．

送郭司馬赴伊吾郡請示李明府 郭子是趙節度同好

安西美少年．脫劍卸弓弦．不倚將軍勢．皆稱司馬賢．

秋山城北面．古治郡東邊．江上舟中月．遥思李郭仙．

薛奇童

楚宮詞 一作怨詩 二首

禁苑春風起．流鶯繞合歡．玉窗通日氣．珠箔捲輕寒．
楊葉垂陰砌．梨花入井闌．君王好長袖．新作舞衣寬．

其二

日晚梧桐落．微寒入禁垣．月懸三雀觀．霜度萬秋門．
豔舞矜新寵．愁容泣舊恩．不堪深殿裏．簾外欲黄昏．

梁鍠

美人春臥 一作怨

妾家巫峽陽．羅幌寢蘭堂．曉日臨窗久．春風引夢長．
落釵猶罥鬢．微汗欲消黃．縱使朦朧覺．魂猶逐楚王．

黃麟

郡中客舍

蟲響亂啾啾．更人正數籌．魂歸洞庭夜．霜臥洛陽秋．
微月有時隱．長河到曉流．起來還囑雁．鄉信在吳洲．

郭良

早行

早行星尚在．數里未天明．不辨雲林色．空聞風水聲．
月從山上落．河入斗間橫．漸至重門外．依稀見洛城．

常非月

詠談容娘

舉手整花鈿．翻身舞錦筵．馬圍行處匝．人壓看場圓．
歌索齊聲和．情教細語傳．不知心大小．容得許多憐．

楊賁

時興

貴人昔未貴．咸願顧寒微．及自登樞要．何曾問布衣．
平明登紫閣．日晏下彤闈．擾々路傍子．無勞歌是非．

李嘉祐

送嚴維歸越州

艱難只用武．歸向浙河東．松雪千山暮．林泉一水通．
鄉心緣綠草．野思看青楓．春日偏相憶．裁書寄剡中．

送岳州司馬弟之任

岳陽天水外．念爾一帆過．野墅人煙迥．山城雁影多．
有時巫峽色．終日洞庭波．丞相今為郡．應無勞者歌．

晚春宴無錫蔡明府西亭

茅簷閒寂寂．無事覺人和．井近時澆圃．城低下見河．
興緣芳草積．情向遠峯多．別日歸吳地．停橈更一過．

送李中丞楊判官

射策名先著．論兵氣自雄．能全季布諾．不道魯連功．
流水蒹葭外．諸山睥睨中．別君秋日晚．回首夕陽空．

南浦渡口

寂寞橫塘路．新篁覆水低．東風潮信滿．時雨稻秔齊．
寡婦共租稅．漁人逐鼓鼙．慚無卓魯術．解印謝黔黎．

送蘇修往上饒

愛爾無羈束．雲山恣意過．一身隨遠岫．孤櫂任輕波．
世事關心少．漁家寄宿多．蘆花泊舟處．江月奈人何．

送越州辛法曹之任

但能一官適．莫羨五侯尊．山色同趨府．潮聲自到門．
緣塘剡溪路．映竹五湖村．王謝登臨處．依々今尚存．

同皇甫侍御題薦福寺一公房

虛室獨焚香．林空靜磬長．閒窺數竿竹．老在一繩牀．
啜茗翻真偈．然燈繼夕陽．人歸遠相送．步履出回廊．

和都官苗員外秋夜省直對雨簡諸知己

多雨南宮夜．仙郎寓直時．漏長丹鳳闕．秋冷白雲司．
螢影侵階亂．鴻聲出苑遲．蕭條人吏散．小謝有新詩．

送崔堯甫員外和蕃

君過湟中去．尋源未是賒．經春逢白草．盡日度黃沙．
雙節行為伴．孤峰到似家．和戎非用武．不學李輕車．

送王牧往吉州謁王使君叔

細草綠汀洲．王孫耐薄遊．年華初冠帶．文體舊弓裘．
野渡花爭發．春塘水亂流．使君憐小阮．應念倚門愁．

送上官侍御赴黔中

莫向黔中路．令人到欲迷．水聲巫峽裏．山色夜郎西．
樹隔朝雲合．猿窺曉月啼．南方饒翠羽．知爾飲清溪．

登湓城浦望廬山初晴直省齋敕催赴江陰

西望香爐雪．千峯晚色新．白頭悲作吏．黃紙苦催人．
多負登山屐．深藏漉酒巾．傷心公府內．手板日相親．

九日

惆悵重陽日．空山野菊新．蕭條百戰地．江海十年人．
歎老堪衰柳．傷秋對白蘋．孤樓聞夕磬．塘路向城闉．

送友人入湘

聞說湘川路．年々苦雨多．猿啼巫峽雨．月照洞庭波．
窮海人還去．孤城雁共過．青山不可極．來往自蹉跎．

奉陪韋潤州遊鶴林寺

野寺江城近．雙旌五馬過．禪心超忍辱．梵語問多羅．
松竹閒僧老．雲煙晚日和．寒塘歸路轉．清磬隔微波．

包何

送泉州李使君之任（一作送李使君赴泉州）

傍海皆荒服，分符重漢臣。雲山百越路，市井十洲人。
執玉來朝遠，還珠入貢頻。連年不見雪，到處即行春。

送王汶（一作文）宰江陰

郡北乘流去，花間竟日行。海魚朝滿市，江鳥夜喧城。
止酒非關病，援琴不在聲。應緣五斗米，數日滯淵明。

江上田家

近海川原薄，人家本自稀。黍苗期臘酒，霜葉是寒衣。
市井誰相識，漁樵夜始歸。不須騎馬問，恐畏狎鷗飛。

送韋侍御奉使江嶺諸道催青苗錢

遠近從王事．南行處々經．手持霜簡白．心在夏苗青．
迴雁書應報．愁猿夜屢聽．因君使絕域．方物盡來庭．

裴端公使院賦得隔簾見春雨

細雨未成霖．垂簾但覺陰．唯看上砌溼．不遣入簷深．
度隙霑霜簡．因風潤綺琴．須移戶外屨．簷溜夜相侵．

皇甫曾

奉陪韋中丞使君遊鶴林寺

古寺傳燈久．曾城閉閣閒．香花同法侶．旌旆入深山．
寒磬虛空裏．孤雲起滅間．謝公憶高臥．徒望欲東還．

酬鄭侍御（一作高郵）秋夜見寄

搖落空林夜．河陽興已生．未辭公府步．知結遠山情．

高柳風難定．寒泉月助明．袁公方卧雪．尺素及柴荆．

送李中丞歸本道（一作送人作使歸）

上將還專席．雙旌復出秦．關河三晉路．賓從五原人．
孤戍雲連海．平沙雪度春．酬恩看玉劍．何處有煙塵．

烏程水樓留別

悠々千里去．惜此一尊同．客散高樓上．帆飛細雨中．
山程隨遠水．楚思在青楓．共說前期易．滄波處々通．

寄劉員外長卿

南憶新安郡．千山帶夕陽．斷猿知夜久．秋草助江長．
疏鬢應成素．青松獨耐霜．愛才稱漢主．題柱待劉郎．

晚至華陰

臘盡促歸心．行人及華陰．雲霞仙掌出．松柏古祠深．

野渡冰生岸．寒川燒隔林．溫泉看漸近．宮樹晚沈沈．

送孔徵士

谷口山多處．君歸不可尋．家貧青史在．身老白雲深．
掃雪開松徑．疏泉過竹林．餘生負丘壑．相送亦何心．

送歸中丞使新羅

南憲銜恩去．東夷泛海行．天遙辭上國．水盡到孤城．
已變炎涼氣．仍愁浩淼程．雲濤不可極．來往見雙旌．

送人還（一作往）荊州（一作李嘉祐詩）

草色隨驄馬．悠悠同出秦．水傳雲夢曉．山接洞庭春．
帆影連三峽．猿聲近四鄰．青門一分手．難見杜陵人．

過劉員外長卿別墅（一作碧澗別業）

謝客開山後．郊扉積水通．江湖千里別．衰老一尊同．

返照寒川滿．平田暮雪空．滄洲自有趣．不便哭途窮．

送著公歸越

誰能愁此別．到越會相逢．長憶雲門寺．門前千萬峯．
石牀埋積雪．山路倒枯松．莫學白居士．無人知去蹤．

高適

部落曲

蕃軍傍塞遊．代馬噴風秋．老將垂金甲．閼支著錦裘．
琱戈蒙豹尾．紅旆插狼頭．日暮天山下．鳴笳漢使愁．

醉後贈張九旭

世上謾相識．此翁殊不然．興來書自聖．醉後語尤顛．
白髮老閒事．青雲在目前．牀頭一壺酒．能更幾回眠．

送張瑤貶五谿尉

他日維楨幹·明時懸鎮鄉·江山遙去國·妻子獨還家·
離別無嫌遠·沈浮勿强嗟·南登有詞賦·知爾弔長沙·

別崔少府

知君少得意·汶上掩柴扉·寒食仍留火·春風未授衣·
皆言黃綬屈·早向青雲飛·借問他鄉事·今年歸不歸·

送蹇秀才赴臨洮

悵望日千里·如何今二毛·猶思陽谷去·莫厭隴山高·
倚馬見雄筆·隨身唯寶刀·料君終自致·勳業在臨洮·

廣陵別鄭處士

落日知分手·春風莫斷腸·興來無不愜·才在亦何傷·
溪水堪垂釣·江田耐插秧·人生只為此·亦足傲羲皇·

别孫許

離人去復留．白馬黑貂裘．屈指論前事．停鞭惜舊遊．
帝鄉那可忘．旅館日堪愁．誰念無知己．年々睢水流．

送劉評事充朔方判官賦得征馬嘶

征馬向邊州．蕭々嘶不休．思深應帶別．聲斷為兼秋．
岐路風將遠．關山月共愁．贈君從此去．何日大刀頭．

送鄭侍御謫閩中

謫去君無恨．閩中我舊過．大都秋雁少．只是夜猿多．
東路雲山合．南天瘴癘和．自當逢雨露．行矣慎風波．

送李侍御赴安西

行子對飛蓬．金鞭指鐵驄．功名萬里外．心事一杯中．
虜障燕支北．秦城太白東．離魂莫惆悵．看取寶刀雄．

送裴別將之安西

絶域眇難躋．悠然信馬蹄．風塵經跋涉．搖落怨暌攜．
地出流沙外．天長甲子西．少年無不可．行矣莫悽々．

同羣公登濮陽聖佛寺閣

落日登臨處．悠然意不窮．佛因初地識．人覺四天空．
來雁清霜後．孤帆遠樹中．裴回傷寓目．蕭索對寒風．

使青夷軍入居庸 三首之一

匹馬行將久．征途去轉難．不知邊地別．祇訝客衣單．
溪冷泉聲苦．山空木葉乾．莫言關塞極．雲雪尚漫々．

贈杜二拾遺 杜甫有酬高使君相贈．見杜甫卷．

傳道招提客．詩書自討論．佛香時入院．僧飯屢過門．
聽法還應難．尋經賸欲翻．草玄今已畢．此後更何言．

唐五言近體詩選　卷之四

杜甫

登兗州城樓

東郡趨庭日．南樓縱目初．浮雲連海岱．平野入青徐．
孤嶂秦碑在．荒城魯殿餘．從來多古意．臨眺獨躊躇．

題張氏隱居

之子時相見．邀人晚興留．霽潭鱣發々．春草鹿呦々．
杜酒偏勞勸．張梨不外求．前村山路險．歸醉每無愁．

劉九法曹鄭瑕丘石門宴集

秋水清無底．蕭然淨客心．掾曹乘逸興．鞍馬到荒林．

能吏逢聯璧．華筵直一金．晚來橫吹好．泓下亦龍吟．

與任城許主簿遊南池

秋水通溝洫．城隅進小船．晚涼看洗馬．森木亂鳴蟬．菱熟經時雨．蒲荒八月天．晨朝降白露．遙憶舊青氈．

對雨書懷走邀許主簿．

東嶽雲峯起．溶溶滿太虛．震雷翻幕燕．驟雨落河魚．座對賢人酒．門聽長者車．相邀愧泥濘．騎馬到階除．

房兵曹胡馬

胡馬大宛名．鋒稜瘦骨成．竹批雙耳峻．風入四蹄輕．所向無空闊．真堪託死生．驍騰有如此．萬里可橫行．

畫鷹

素練風霜起・蒼鷹畫作殊・攫身思狡兔・側目似愁胡
絛鏇光堪擿・軒楹勢可呼・何當擊凡鳥・毛血灑平蕪

過宋員外之問舊莊

宋公舊池館・零落首陽阿・枉道祇從入・吟詩許更過
淹留問耆老・寂寞向山河・更識將軍樹・悲風日暮多

夜宴左氏莊

風林纖月落・衣露淨琴張・暗水流花徑・春星帶草堂
檢書燒燭短・看劍引杯長・詩罷聞吳詠・扁舟意不忘

重題鄭氏東亭

華亭入翠微・秋日亂清暉・崩石欹山樹・晴漣曳水衣
紫鱗衝岸躍・蒼隼護巢歸・向晚尋征路・殘雲傍馬飛

春日憶李白

白也詩無敵．飄然思不群．清新庾開府．俊逸鮑參軍．
渭北春天樹．江東日暮雲．何時一樽酒．重與細論文．

杜位宅守歲

守歲阿戎家．椒盤已頌花．盍簪喧櫪馬．列炬散林鴉．
四十明朝過．飛騰暮景斜．誰能更拘束．爛醉是生涯．

奉陪鄭駙馬韋曲二首 選第一首．

韋曲花無賴．家々惱殺人．綠樽須盡日．白髮好禁春．
石角鉤衣破．藤梢刺眼新．何時占叢竹．頭戴小烏巾．

陪鄭廣文遊何將軍山林十首 之一

不識南塘路．今知第五橋．名園依綠水．野竹上青霄．
谷口舊相得．濠梁同見招．平生為幽興．未惜馬蹄遙．

同前題 之三

萬里戎王子．何年別月支．異花來絕域．滋蔓匝清池．
漢使徒空到．神農竟不知．露翻兼雨打．開拆日離披．

同前題 之四

旁舍連高竹．疏籬帶晚花．碾渦深沒馬．藤蔓曲藏蛇．
詞賦工何益．山林跡未賒．盡捻書籍賣．來問爾東家．

同前題 之五

賸水滄江破．殘山碣石開．綠垂風折筍．紅綻雨肥梅．
銀甲彈箏用．金魚換酒來．興移無灑掃．隨意坐莓苔．

同前題 之七

棘樹寒雲色．茵蔯春藕香．脆添生菜美．陰益食單涼．
野鶴清晨出．山精白日藏．石林蟠水府．百里獨蒼々．

同前題 之九

牀上書連屋・階前樹拂雲・將軍不好武・稚子總能文・
醒酒微風入・聽詩靜夜分・絺衣挂蘿薜・涼月白紛々・

重過何氏五首之三

落日平臺上・春風啜茗時・石欄斜點筆・桐葉坐題詩・
翡翠鳴衣桁・蜻蜓立釣絲・自今幽興熟・來往亦無期・

同前題之五

到此應嘗宿・相留可判年・蹉跎暮容色・悵望好林泉・
何日霑微祿・歸山買薄田・斯遊恐不遂・把酒意茫然・

陪諸貴公子丈八溝攜妓納涼晚際遇雨二首

落日放船好・輕風生浪遲・竹深留客處・荷淨納涼時・
公子調冰水・佳人雪藕絲・片雲頭上黑・應是雨催詩・

其二

雨來霑席上．風急打船頭．越女紅裙濕．燕姬翠黛愁．
纜侵堤柳繫．幔卷浪花浮．歸路翻蕭颯．陂塘五月秋．

送裴二虬尉永嘉

孤嶼亭何處．天涯水氣中．故人官就此．絕境與誰同．
隱吏逢梅福．遊山憶謝公．扁舟吾已具．把釣待秋風．

送張十二參軍赴蜀州因呈楊五侍御

好去張公子．通家別恨添．兩行秦樹直．萬點蜀山尖．
御史新驄馬．參軍舊紫髯．皇華吾善處．于汝定無嫌．

故武衛將軍挽詞三首 之二

舞劍過人絕．鳴弓射獸能．銛鋒行愜順．猛噬失蹻騰．
赤羽千夫膳．黃河十月冰．橫行沙漠外．神速至今稱．

官定後戲贈

不作河西尉．淒涼為折腰．老夫怕趨走．率府且逍遙．
耽酒須微祿．狂歌託聖朝．故山歸興盡．回首向風飆．

月夜

今夜鄜州月．閨中只獨看．遙憐小兒女．未解憶長安．
香霧雲鬟溼．清輝玉臂寒．何時倚虛幌．雙照淚痕乾．

對雪

戰哭多新鬼．愁吟獨老翁．亂雲低薄暮．急雪舞迴風．
瓢棄樽無淥．爐存火似紅．數州消息斷．愁坐正書空．

得舍弟消息二首 之一

近有平陰信．遙憐舍弟存．側身千里道．寄食一家村．
烽舉新酣戰．啼垂舊血痕．不知臨老日．招得幾人魂．

一百五日夜對月

無家對寒食．有淚如金波．斫卻月中桂．清光應更多．
仳離放紅蕊．想像顰青蛾．牛女漫愁思．秋期猶渡河．

春望

國破山河在．城春草木深．感時花濺淚．恨別鳥驚心．
烽火連三月．家書抵萬金．白頭搔更短．渾欲不勝簪．

喜達行在所三首 之一

西憶岐陽信．無人遂卻回．眼穿當落日．心死著寒灰．
茂樹行相引．連山望忽開．所親驚老瘦．辛苦賊中來．

同前題 之二

愁思胡笳夕．淒涼漢苑春．生還今日事．間道暫時人．
司隸章初睹．南陽氣已新．喜心翻倒極．嗚咽淚沾巾．

同前題 之三

死去憑誰報．歸來始自憐．猶瞻太白雪．喜遇武功天．
影靜千官裏．心蘇七校前．今朝漢社稷．新數中興年．

獨酌成詩

燈花何太喜．酒綠正相親．醉裏從為客．詩成覺有神．
兵戈猶在眼．儒術豈謀身．苦被微官縛．低頭愧野人．

春宿左省

花隱掖垣暮．啾々棲鳥過．星臨萬户動．月傍九霄多．
不寢聽金鑰．因風想玉珂．明朝有封事．數問夜如何．

寄高三十五詹事

安穩高詹事．兵戈久索居．時來知宦達．歲晚莫情疏．
天上多鴻雁．池中足鯉魚．相看過半百．不寄一行書．

不歸

河間尚戰伐．汝骨在空城．從弟人皆有．終身恨不平．
數金憐俊邁．總角愛聰明．面上三年土．春風草又生．

秦州雜詩二十首 選十首

滿目悲生事．因人作遠遊．遲迴度隴怯．浩蕩及關愁．
水落魚龍夜．山空鳥鼠秋．西征問烽火．心折此淹留．

其二

秦州城北寺．勝跡隗囂宮．苔蘚山門古．丹青野殿空．
月明垂葉露．雲逐度溪風．清渭無情極．愁時獨向東．

其四

鼓角緣邊郡．川原欲夜時．秋聽殷地發．風散入雲悲．
抱葉寒蟬靜．歸山獨鳥遲．萬方聲一槩．吾道欲何之．

其五

西使宜天馬．由來萬匹强．浮雲連陣沒．秋草徧山長．
聞說真龍種．仍殘老驌驦．哀鳴思戰鬬．迥立向蒼々．

其七

莽々萬重山．孤城山谷閒．無風雲出塞．不夜月臨關．
屬國歸何晚．樓蘭斬未還．煙塵獨長望．衰颯正摧顏．

其八

聞道尋源使．從來此路迴．牽牛去幾許．宛馬至今來．
一望幽燕隔．何時郡國開．東征健兒盡．羌笛暮吹哀．

其十二

山頭南郭寺．水號北流泉．老樹空庭得．清渠一邑傳．
秋花危石底．晚景卧鐘邊．俛仰悲身世．溪風為颯然．

其十三

來暇泛滄海．悠々兵馬間．塞門風落木．客舍雨連山．
阮籍行多興．龐公隱不還．東柯遂疏懶．休鑷鬢毛斑．

其十六

東柯好崖谷．不與衆峯群．落日邀雙鳥．晴天卷片雲．
野人矜險絶．水竹會平分．採藥吾將老．兒童未遣聞．

其十八

地僻秋將盡．山高客未歸．塞雲多斷續．邊日少光輝．
警急烽常報．傳聞檄屢飛．西戎外甥國．何得迕天威．

送人從軍

弱水應無地．陽關已近天．今君度砂磧．累月斷人煙．
好武寧論命．封侯不計年．馬寒防失道．雪沒錦鞍韉．

亦煙佐

多病秋風落．君來慰眼前．自聞茅屋趣．只想竹林眠．
滿谷山雲起．侵籬澗水懸．嗣宗諸子姪．早覺仲容賢．

雨晴

天外秋雲薄．從西萬里風．今朝好晴景．久雨不妨農．
塞柳行疏翠．山梨結小紅．胡笳樓上發．一雁入高空．

東樓

萬里流沙道．西行過此門．但添新戰骨．不返舊征魂．
樓角凌風迥．城陰帶水昏．傳聲看驛使．送節向河源．

初月

光細弦欲上．影斜輪未安．微升古塞外．已隱暮雲端．
河漢不改色．關山空自寒．庭前有白露．暗滿菊花團．

促織

促織甚微細．哀音何動人．草根吟不穩．牀下意相親．
久客得無淚．故妻難及晨．悲絲與急管．感激異天真．

螢火

幸因腐草出．敢近太陽飛．未足臨書卷．時能點客衣．
隨風隔幔小．帶雨傍林微．十月清霜重．飄零何處歸．

苦竹

青冥亦自守．軟弱強扶持．味苦夏蟲避．叢卑春鳥疑．
軒墀曾不重．剪伐欲無辭．幸近幽人屋．霜根結在茲．

空囊

翠柏苦猶食．明霞高可餐．世人共鹵莽．吾道屬艱難．
不爨井晨凍．無衣牀夜寒．囊空恐羞澀．留得一錢看．

病馬

乘爾亦已久．天寒關塞深．塵中老盡力．歲晚病傷心．
毛骨豈殊衆．馴良猶至今．物微意不淺．感動一沈吟．

月夜憶舍弟

戍鼓斷人行．邊秋一雁聲．露從今夜白．月是故鄉明．
有弟皆分散．無家問死生．寄書長不達．況乃未休兵．

天末懷李白

涼風起天末．君子意如何．鴻雁幾時到．江湖秋水多．
文章憎命達．魑魅喜人過．應共冤魂語．投詩贈汨羅．

即事

聞道花門破．和親事卻非．人憐漢公主．生得渡河歸．
秋思拋雲髻．腰支勝寶衣．群凶猶索戰．回首意多違．

送遠

帶甲滿天地．胡為君遠行．親朋盡一哭．鞍馬去孤城．
草木歲月晚．關河霜雪清．別離已昨日．因見古人情．

酬高使君相贈（高適贈詩見前卷）

古寺僧牢落．空房得寓居．故人供祿米．鄰舍與園蔬．
雙樹容聽法．三車肯載書．草玄吾豈敢．賦或似相如．

王十五司馬弟出郭相訪遺營草堂貲

客裏何遷次．江邊正寂寥．肯來尋一老．愁破是今朝．
憂我營茅棟．攜錢過野橋．他鄉唯表弟．還往莫辭勞．

為農

錦里煙塵外．江村八九家．圓荷浮小葉．細麥落輕花．
卜宅從茲老．為農去國賒．遠慚勾漏令．不得問丹砂．

遣興

干戈猶未定．弟妹各何之．拭淚霑襟血．梳頭滿面絲．
地卑荒野大．天遠暮江遲．衰疾那能久．應無見汝期．

北鄰

明府豈辭滿．藏身方告勞．青錢買野竹．白幘岸江皋．
愛酒晉山簡．能詩何水曹．時來訪老疾．步屧到蓬蒿．

出郭

霜露晚淒々．高天逐望低．遠煙鹽井上．斜景雪峰西．
故國猶兵馬．他鄉亦鼓鼙．江城今夜客．還與舊烏啼．

村夜

風色蕭々暮．江頭人不行．村舂雨外急．鄰火夜深明．
胡羯何多難．樵漁寄此生．中原有兄弟．萬里正含情．

西郊

時出碧雞坊．西郊向草堂．市橋官柳細．江路野梅香．
傍架齊書帙．看題檢藥囊．無人與來往．疏懶意何長．

遊修覺寺

野寺江天豁．山扉花竹幽．詩應有神助．吾得及春遊．
徑石深縈帶．川雲自去留．禪枝宿衆鳥．漂轉暮歸愁．

遣意二首

囀枝黃鳥近．泛渚白鷗輕．一逕野花落．孤村春水生．
衰年催釀黍．細雨更移橙．漸喜交游絕．幽居不用名．

其二

簷影微々落．津流脈々斜．野船明細火．宿鷺起圓沙．
雲掩初弦月．香傳小樹花．鄰人有美酒．稚子夜能賒．

春夜喜雨

好雨知時節．當春乃發生．隨風潛入夜．潤物細無聲．
野徑雲俱黑．江船火獨明．曉看紅溼處．花重錦官城．

江亭

坦腹江亭卧．長吟野望時．水流心不競．雲在意俱遲．
寂々春將晚．欣々物自私．江東猶苦戰．回首一顰眉．
一作故林歸未得．排悶強裁詩．

可惜

花飛有底急．老去願春遲．可惜歡娛地．都非少壯時．
寬心應是酒．遣興莫過詩．此意陶潛解．吾生後汝期．

徐步

整履步青蕪．荒庭日欲晡．芹泥隨燕嘴．蕊粉上蜂鬚．
把酒從衣溼．吟詩信杖扶．敢論才見忌．實有醉如愚．

水檻遣心二首 之一

去郭軒楹敞．無村眺望賒．澄江平少岸．幽樹晚多花．
細雨魚兒出．微風燕子斜．城中十萬戶．此地兩三家．

朝雨

涼氣曉蕭蕭．江雲亂眼飄．風鴛藏近渚．雨燕集深條．
黃綺終辭漢．巢由不見堯．草堂樽酒在．幸得過清朝．

聞斛斯六官未歸

故人南郡去．去索作碑錢．本賣文為活．翻令室倒懸．
荊扉深蔓草．土銼冷疏煙．老罷休無賴．歸來省醉眠．

不見

不見李生久．佯狂真可哀．世人皆欲殺．吾意獨憐才．
敏捷詩千首．飄零酒一杯．匡山讀書處．頭白好歸來．

屏跡三首　之二

晚起家何時．無營地轉幽．竹光團野色．山影漾江流．
失學從兒懶．長貧任婦愁．百年渾得醉．一月不梳頭．

客夜

客睡何曾著．秋天不肯明．卷簾殘月影．高枕遠江聲．
計拙無衣食．途窮仗友生．老妻書數紙．應悉未歸情．

九日登梓州城

伊昔黃花酒．如今白髮翁．追歡筋力異．望遠歲時同．
弟妹悲歌裏．乾坤醉眼中．兵戈與關塞．此日意無窮．

戲題寄上漢中王三首

西漢親王子．成都老客星．百年雙白鬢．一別五秋螢．
忍斷杯中物．祇看座右銘．不能隨皁蓋．自醉逐浮萍．

其二

策杖時能出．王門異昔遊．已知嗟不起．未許醉相留．
蜀酒濃無敵．江魚美可求．終思一酩酊．淨掃雁池頭．

其三

羣盜無歸路．衰顏會遠方．尚憐詩警策．猶記酒顛狂．
魯衞彌尊重．徐陳略喪亡．空餘枚叟在．應念早升堂．

登牛頭山亭子

路出雙林外．亭窺萬井中．江城孤照日．春谷遠含風．
兵革身將老．關河信不通．猶殘數行淚．忍對百花叢．

又呈竇使君

向晚波微綠．連空岸卻青．日兼春有暮．愁與醉無醒．
漂泊猶杯酒．踟躕此驛亭．相看萬里外．同是一浮萍．

舟前小鵝兒

鵝兒黃似酒．對酒愛新鵝．引頸嗔船逼．無行亂眼多．
翅開遭宿雨．力小困滄波．客散層城暮．狐狸奈若何．

送韋郎司直歸成都

竄身來蜀地．同病得韋郎．天下兵戈滿．江邊歲月長．
別筵花欲暮．春日鬢俱蒼．為問南溪竹．抽梢合過牆．

送元二適江左

亂後今相見．秋深復遠行．風塵為客日．江海送君情．
晉室丹陽尹．公孫白帝城．經過自愛惜．取次莫論兵．

薄遊

淅々風生砌．團々日隱牆．遙空秋雁滅．半嶺暮雲長．
病葉多先墜．寒花只暫香．巴城添淚眼．今夜復清光．

薄暮

江水最深地．山雲薄暮時．寒花隱亂草．宿鳥探深枝．
故國見何日．高秋心苦悲．人生不再好．鬢髮自成絲．

放船

送客蒼溪縣．山寒雨不開．直愁騎馬滑．故作放舟迴．
青惜峯巒過．黃知橘柚來．江流天自在．坐穩興悠哉．

王命

漢北豺狼滿．巴西道路難．血埋諸將甲．骨斷使臣鞍．
牢落新燒棧．蒼茫舊築壇．深懷喻蜀意．慟哭望王官．

西山三首

夷界荒山頂．蕃州積雪邊．築城依白帝．轉粟上青天．
蜀將分旗鼓．羌兵助鐵鋋．西南背和好．殺氣日相纏．

其二

辛苦三城戍．長防萬里秋．煙塵侵火井．雨雪閉松州．
風動將軍幕．天寒使者裘．漫山賊營壘．迴首得無憂．

其三

子弟猶深入．關城未解圍．蠶崖鐵馬瘦．灌口米船稀，
辯士安邊策．元戎決勝威．今朝烏鵲喜．欲報凱歌歸．

歲暮

歲暮遠爲客．邊隅還用兵．煙塵犯雪嶺．鼓角動江城．
天地日流血．朝廷誰請纓．濟時敢愛死．寂寞壯心驚．

陪王使君晦日泛江就黄家亭子二首 之一

山豁何時斷．江平不肯流．稍知花改岸．始驗鳥隨舟．
結束多紅粉．歡娛恨白頭．非君愛人客．晦日更添愁．

別房太尉墓

他鄉復行役．駐馬別孤墳．近淚無乾土．低空有斷雲．
對棋陪謝傅．把劍覓徐君．唯見林花落．鶯啼送客聞．

過故斛斯校書莊二首

此老已云歿．鄰人嗟未休．竟無宣室召．徒有茂陵求．
妻子寄他食．園林非昔遊．空餘繐帷在．淅々野風秋．

其二

燕入非傍舍．鷗歸祇故池．斷橋無復板．臥柳自生枝．
遂有山陽作．多慚鮑叔知．素交零落盡．白首淚雙垂．

寄邛州崔錄事

邛州崔錄事．聞在果園坊．久待無消息．終朝有底忙．
應愁江樹遠．怯見野亭荒．浩蕩風塵外．誰知酒熟香．

嚴鄭公宅同詠竹得香字

綠竹半含籜．新梢纔出牆．色侵書帙晚．陰過酒樽涼．
雨洗娟々淨．風吹細々香．但令無剪伐．會見拂雲長．

懷舊

地下蘇司業．情親獨有君．那因喪亂後．便作死生分．
老罷知明鏡．悲來望白雲．自從失詞伯．不復更論文．

去蜀

五載客蜀郡．一年居梓州．如何關塞阻．轉作瀟湘遊．
萬事已黃髮．殘生隨白鷗．安危大臣在．不必淚長流．

宴戎州楊使君東樓

勝絕驚身老．情忘發興奇．座從歌妓密．樂任主人為．
重碧拈春酒．輕紅擘荔枝．樓高欲愁思．橫笛未休吹．

禹廟

禹廟空山裏．秋風落日斜．荒庭垂橘柚．古屋畫龍蛇．
雲氣噓青壁．江聲走白沙．早知乘四載．疏鑿控三巴．

旅夜書懷

細草微風岸．危檣獨夜舟．星垂平野闊．月湧大江流．
名豈文章著．官應老病休．飄々何所似．天地一沙鷗．

別常徵君

兒扶猶杖策．臥病一秋强．白髮少新洗．寒衣寬總長．
故人憂見及．此別淚相忘．各逐萍流轉．來書細作行．

懷錦水居止二首 之二

萬里橋西宅．百花潭北莊．層軒皆面水．老樹飽經霜．
雪嶺界天白．錦城曛日黃．惜哉形勝地．回首一茫々．

灩澦堆

巨石水中央．江寒出水長．沈牛答雲雨．如馬戒舟航．
天意存傾覆．神功接混茫．干戈連解纜．行止憶垂堂．

草閣

草閣臨無地．柴扉永不關．魚龍迴夜水．星月動秋山．
久露晴初溼．高雲薄未還．泛舟慚小婦．飄泊損紅顏．

江月

江月光於水．高樓思殺人．天邊長作客．老去一霑巾．
玉露漙清影．銀河沒半輪．誰家挑錦字．燭滅翠眉顰．

第五弟豐獨在江左近三四載寂無消息覓使寄此二首之一

亂後嗟吾在．羈棲見汝難．草黄騏驥病．沙暖鶺鴒寒．

楚設關城險．吳吞水府寬．十年朝夕淚．衣袖不曾乾．

九日諸人集於林

九日明朝是．相邀舊俗非．老翁難早出．賢客幸知歸．
舊采黃花賸．新梳白髮微．漫看年少樂．忍淚已沾衣．

歷歷

歷歷開元事．分明在眼前．無端盜賊起．忽已歲時遷．
巫峽西江外．秦城北斗邊．為郎從白首．卧病數秋天．

西閣口號呈元二十一

山木抱雲稠．寒空繞上頭．雪崖纔變石．風幔不依樓．
社稷堪流涕．安危在運籌．看君話王室．感動幾銷憂．

瞿唐兩崖

三峽傳何處．雙崖壯此門．入天猶石色．穿水忽雲根．

猿玃鬚髯古．蛟龍窟宅尊．羲和冬馭近．愁畏日車翻．

瞿唐懷古

西南萬壑注．勁敵兩崖開．地與山根裂．江從月窟來．
削成當白帝．空曲隱陽臺．疏鑿功雖美．陶鈞力大哉．

奉送十七舅下邵桂

絶域三冬暮．浮生一病身．感深辭舅氏．別後見何人．
縹緲蒼梧帝．推遷孟母鄰．昏々阻雲水．側望苦傷神．

江梅

梅蕊臘前破．梅花年後多．絶知春意好．最奈客愁何．
雪樹元同色．江風亦自波．故園不可見．巫岫鬱嵯峨．

送王十六判官

客下荆南盡．君今復入舟．買薪猶白帝．鳴櫓已沙頭．

衡霍生春早．瀟湘共海浮．荒林庾信宅．為仗主人留．

懷灞上遊

悵望東陵道．平生灞上遊．春濃停野騎．夜宿敞雲樓．
離別人誰在．經過老自休．眼前今古意、江漢一歸舟．

熟食月示宗文宗武

消渴遊江漢．羈棲尚甲兵．幾年逢熟食．萬里逼清明．
松柏邙山路．風花白帝城．汝曹催我老．回首淚縱橫．

又示兩兒

令節成吾老．他時見汝心．浮生看物變．為恨與年深．
長葛書難得．江州涕不禁．團圓思弟妹．行坐白頭吟．

暮春題瀼西新賃草屋五首 選二首

久嗟三峽客．再與暮春期．百舌欲無語．繁花能幾時．

谷虛雲氣薄．波亂日華遲．戰伐何由定．哀傷不在茲．

其三

絲雲陰復白．錦樹曉來青．身世雙蓬鬢．乾坤一草亭．
哀歌時自惜．醉舞為誰醒．細雨荷鋤立．江猿吟翠屏．

月三首 之二

斷續巫山雨．天河此夜新．若無青嶂月．愁殺白頭人．

并照巫山出．新窺楚水清．羇棲愁裏見．二十四回明．
必驗升沈體．如知進退情．不違銀漢落．亦伴玉繩橫．

溪上

峽內淹留客．溪邊四五家．古苔生濕地．秋竹隱疏花．
塞俗人無井．山田飲有沙．西江使船至．時復問京華．

吾宗

吾宗老孫子·質朴古人風·耕鑿安時論·衣冠與世同·
在家常早起·憂國願年豐·語及君臣際·經書滿腹中·

八月十五夜月二首之一

滿目飛明鏡·歸心折大刀·轉蓬行地遠·攀桂仰天高·
水路疑霜雪·林棲見羽毛·此時瞻白兔·直欲數秋毫·

十六夜玩月

舊挹金波爽·皆傳玉露秋·關山隨地闊·河漢近人流·
谷口樵歸唱·孤城笛起愁·巴童渾不寐·半夜有行舟·

十七夜對月

秋月仍圓夜·江村獨老身·捲簾還照客·倚杖更隨人·
光射潛虬動·明翻宿鳥頻·茅齋依橘柚·清切露華新·

刈麥了詠懷

稻穫空雲水．川平對石門．寒風疏草木．旭日散雞豚．
野哭初聞戰．樵歌稍出村．無家問消息．作客信乾坤．

九日

舊與蘇司業．兼隨鄭廣文．采花香泛々．坐客醉紛々．
野樹敧還倚．秋砧醒卻聞．歡娛兩冥漠．西北有孤雲．

曉望

白帝更聲盡．陽臺曙色分．高峰初上日．疊嶺宿霾雲．
地坼江帆隱．天清木葉聞．荆扉對麋鹿．應共爾為群．

大曆二年九月三十日

為客無時了．悲秋向夕終．瘴餘夔子國．霜薄楚王宮．
草敵虛嵐翠．花禁冷葉紅．年々小搖落．不與故園同．

獨坐二首

竟日雨冥冥．雙崖洗更青．水花寒落岸．山鳥暮過庭．
暖老思燕玉．充饑憶楚萍．胡笳在樓上．哀怨不堪聽．

其二

白狗斜臨北．黃牛更在東．峽雲常照夜．江日會兼風．
曬藥安垂老．應門試小童．亦知行不逮．苦恨耳多聾．

夜

絕岸風威動．寒房燭影微．嶺猿霜外宿．江鳥夜深飛．
獨坐親雄劍．哀歌歎短衣．煙塵繞閶闔．白首壯心違．

雷

巫峽中宵動．滄江十月雷．龍蛇不成蟄．天地劃爭迴．
卻碾空山過．深蟠絕壁來．何須妒雲雨．霹靂楚王臺．

夜二首

白夜月休弦．燈花半委眠．號山無定鹿．落樹有驚蟬．
暫憶江東鱠．兼懷雪下船．蠻歌犯星起．空覺在天邊．

其二

城郭悲笳暮．村墟過翼稀．甲兵年數久．賦斂夜深歸．
暗樹依巖落．明河繞塞微．斗斜人更望．月細鵲休飛．

有歎

壯心久零落．白首寄人間．天下兵常鬬．江東客未還．
窮猿號雨雪．老馬怯關山．武德開元際．蒼生豈重攀．

江漲

江發蠻夷漲．山添雨雪流．大聲吹地轉．高浪蹴天浮．
魚鼈為人得．蛟龍不自謀．輕帆好去便．吾道在滄洲．

江漢

江漢思歸客．乾坤一腐儒．片雲天共遠．永夜月同孤．
落日心猶壯．秋風病欲蘇、古來存老馬．不必取長途．

久客

羇旅知交態．淹留見俗情．衰顏聊自哂．小吏最相輕．
去國哀王粲．傷時哭賈生．狐狸何足道．豺虎正縱橫．

泊岳陽城下

江國逾千里．山城近百層．岸風翻夕浪．舟雪灑寒燈．
留滯才難盡，艱危氣益增．圖南未可料．變化有鯤鵬．

登岳陽樓

昔聞洞庭水．今上岳陽樓．吳楚東南坼．乾坤日夜浮．
親朋無一字．老病有孤舟．戎馬關山北．憑軒涕泗流．

陪裴使君登岳陽樓

湖闊兼雲霧·樓孤屬晚晴·禮加徐孺子·詩接謝宣城·
雪岸叢梅發·春泥百草生·敢違漁父問·從此更南征·

南征

春岸桃花水·雲帆楓樹林·偷生長避地·適遠更霑襟·
老病南征日·君恩北望心·百年歌自苦·未見有知音·

潭州送韋員外迢牧韶州

炎海韶州牧·風流漢署郎·分符先令望·同舍有輝光·
白首多年疾·秋天昨夜涼·洞庭無過雁·書疏莫相忘·

暮秋將歸秦留别湖南親友

水闊蒼梧野·天高白帝秋·途窮那免哭·身老不禁愁·
大府才能會·諸公德業優·北歸衝雨雪·誰憫敝貂裘·

錢起

山齋獨坐喜玄上人夕至 一作見訪

舍下虎溪徑．煙霞入暝開．柴門兼竹靜．山月與僧來．
心瑩紅蓮水．言忘綠茗杯．前峯曙更好．斜漢欲西迴．

歸故山路逢鄰居隱者

握手雲棲路．潸然恨幾重．誰知綠林盜．長占彩霞峯．
心死池塘草．聲悲石徑松．無因芳杜月．琴酒更相逢．

落第劉拾遺相送東歸

不醉百花酒．傷心千里歸．獨收和氏玉．還採舊山薇．

出處離心盡．榮枯會面稀．預愁芳草色．一徑入衡闈．

題溫處士山居

誰知白雲外．別有綠蘿春．苔繞溪邊徑．花侵洞裏人．逸妻看種藥．稚子伴垂綸．潁上逃堯者．何如此養真．

送征雁

秋空萬里淨．嘹唳雁南征．風急翻霜冷．雲開見月驚．塞長怯去翼．影滅有餘聲．悵望遙天外．鄉愁滿目生．

題精舍寺

勝景不易遇．入門神頓清．房々占山色．處々分泉聲．詩思竹間得．道心松下生．何時來此地．擺落世間情．

裴迪南門秋夜對月（一作裴迪書齋玩月之作）

夜來詩酒興．月滿謝公樓．影閒重門靜．寒生獨樹秋．

鵲驚隨葉散．螢遠入煙流．今夕遥天末．清光幾處愁．

谷口書齋寄楊補闕

泉聲帶茅茨．雲霞生薜帷．竹憐新雨後．山愛夕陽時．
閒鷺棲常早．秋花落更遲．家童掃蘿逕．昨與故人期．

新昌里言懷

性拙偶從宦．心閒多掩扉．雖看北堂草．不望舊山薇．
花月齋來好．雲泉堪夢歸．如何建章漏．催著早朝衣．

鑾駕避狄歲寄別韓雲卿

白髮壯心死．愁看國步移．關山慘無色．親愛忽驚離．
影絕龍分劍．聲哀鳥戀枝．茫々雲海外．相憶不相知．

詠白油帽送客

薄質慚加首．愁陰幸庇身．卷舒無定日．行止必依人．

已沐脂膏惠·寧辭雨露頻·雖同客衣色·不染洛陽塵·

送虞說擢第東遊

湖山不可厭·東望有餘情·片玉登科後·孤舟任興行·
月中嚴子瀨·花際楚王城·歲暮雲皋鶴·聞天更一鳴·

送屈突司馬充安西書記

制勝三軍勁·澄清萬里餘·星飛龐統驥·箭發魯連書·
海月低雲旆·江霞入錦車·遙知太阿劍·計日斬鯨魚·

送武進韋明府

理邑想無事·鳴琴不下堂·井田通楚越·津市半漁商·
廬橘垂殘雨·紅蓮拆早霜·送君催白首·臨水獨思鄉·

送夏侯審校書東歸

楚鄉飛鳥外·獨與碧雲還·破鏡催歸客·殘陽見舊山·

詩成流水上・夢盡落花間・儻寄相思字・愁人定解顏・

送僧歸日本 一作東

上國隨緣住・來途若夢行・浮天滄海遠・去世法舟輕・
水月通禪觀・魚龍聽梵聲・惟憐一燈影・萬里眼中明・

送張管書記 一作送張管記從軍

邊事多勞役・儒衣逐鼓鼙・日寒關樹外・峯盡塞雲西・
河廣蓬難度・天遙雁漸低・班超封定遠・之子去思齊・

宿遠上人蘭若

香花閑一林・真士此看心・行道白雲近・然燈翠壁深・
梵筵清水月・禪坐冷山陰・更說東溪好・明朝乘興尋・

初至京口示諸弟

還家百戰後・訪故幾人存・兄弟得相見・榮枯何處論・

新詩添卷軸．舊業見兒孫．檢點平生事．焉能出華門．

張繼

春夜皇甫冉宅歡宴（一作對酒）

流落時相見．悲歡共此情．興因尊酒洽．愁為故人輕．
暗滴花莖露．斜暉月過城．那知橫吹笛．江外作邊聲．

題嚴陵釣臺

舊隱人如在．清風亦似秋．客星沈夜壑．釣石俯春流．
鳥向喬枝聚．魚依淺瀨遊．古來芳餌下．誰是不吞鉤．

韓翃

寄武陵李少府

小縣春山口．公孫吏隱時．楚歌催晚醉．蠻語入新詩．
桂水遥相憶．花源暗有期．郢門千里外．莫怪尺書遲．

贈張建

結客平陵下．當年倚俠遊．傳看轆轤劍．醉脱驌驦裘．
翠羽雙鬟妾．珠簾百尺樓．春風坐相待．晚日莫淹留．

送監軍李判官

上客佩雙劍．東城喜再遊．舊從張博望．新事鄭長秋．
踏水回金勒．看風試錦裘．知君不久住．漢將掃旄頭．

送客歸廣平

家在趙邯鄲．歸心輒自歡．晚杯狐腋暖．春雪馬毛寒．
孟月途中破．輕冰水上殘．到時楊柳色．奈向故園看．

送故人歸魯

魯客多歸興．居人悵別情．雨餘衫袖冷．風急馬蹄輕．
秋草靈光殿．寒雲曲阜城．知君拜親後．少婦下機迎．

酬程延秋夜即事見贈

長簟迎風早．空城澹月華．星河秋一雁．砧杵夜千家．
節候看應晚．心期臥亦賒．向來吟秀句．不覺已鳴鴉．

送元詵還江東（一作送太常元博士歸潤州）

過江秋色在．詩興與歸心．客路隨楓岸．人家掃橘林．
潮聲當晝起．山翠近南深．幾日華陽洞．寒花引獨尋．

送夏侯審

謝公鄰里在．日夕問佳期．春水人歸後．東田花盡時．
下樓閑待月．行樂笑題詩．他日吳中路．千山入夢思．

題僧房（一作題慈恩寺振上人院）

披衣聞客至．關鎖此時開．鳴磬夕陽盡．捲簾秋色來．
名香連竹徑．清梵出花臺．身在心無住．他時到幾回．

送壽州陳錄事

壽陽南渡口．斂笏見諸侯．片雨楚雲暮．千家淮水秋．
開簾對芳草．送客上春洲．請問山中桂．王孫幾度遊．

題慈仁一作恩寺竹院

千峯對古寺．何異到西林．幽磬蟬聲下．閒窗竹翠陰．
詩人謝客興．法侶遠公心．寂寂爐煙裏．香花欲暮深．

華亭一作州夜宴庾侍御宅一作張繼詩

世故他年別．心期此夜同．千峯孤燭外．片雨一更中．
酒客逢山簡．詩人得謝公．自憐驅匹馬．拂曙向關東．

送客之上谷

北客悲秋色、田園憶去來·披衣朝易水·匹馬夕燕臺·
風翦荷花碎·霜迎栗罅開·賞心知不淺，累月故人杯·

題薦福寺衡嶽暕一作禪師房

春城乞食還·高論此中閒·僧臘階前樹·禪心江上山·
疏簾看雪卷·深戶映花關·晚送門人出·鐘聲杳靄間·

送劉侍御赴令公行營

東城躍紫騮·西路大刀頭·上客劉公幹·元戎郭細侯·
一軍偏許國·百戰又防秋·請問蕭關道·胡塵早晚收·

送金華王明府

縣舍江雲裏·心閒境又偏·家貧陶令酒·月俸沈郎錢·
黃蘗香山路·青楓暮雨天·時聞引車騎·竹外到銅泉·

獨孤及

登後湖（一作登凌湖亭）傷春懷京師故舊

昨日看搖落．驚秋方怨咨．幾經開口笑．復及看花時．
世事空名束．生涯素髮知．山山春草滿．何處不相思．

送虢州王錄事之任

謂子文章達．當年羽翼高．一經俄白首．三命尚青袍．
未遇須藏器．安卑莫告勞．盤根儻相值．試用發硎刀．

送長孫將軍拜歙州之任

臨難敢橫行．遭時取盛名．五兵常典校．四十又專城．
浪逐樓船破．風從虎竹生．島夷今可料．繫頸有長纓．

九月九日李蘇州東樓宴

是菊花開日．當君乘興秋．風前孟嘉帽．月下庾公樓．

酒解留征客．歌能破別愁．醉歸無以贈．祗奉萬年酬．

郎士元

送孫願一作顧

悠然富春客．憶與暮潮歸．擢第人多羨．如君獨步稀．亂流江渡淺．遠色海山微．若訪新安路．嚴陵有釣磯．

送林宗配雷州一作送王梦流雷州

昨日三峯尉．今朝萬里人．平生任孤直．豈是不防身．海霧多為瘴．山雷乍作鄰．遙憐北戶月．與子獨相親．

送楊中丞和番

錦車登隴日．邊草正萋萋．舊好尋君長．新愁聽鼓鼙．河源飛鳥外．雪嶺大荒西．漢壘今猶在．遙知路不迷．

送李將軍赴定州（一作送彭將軍）

雙旌漢飛將．萬里授橫戈．春色臨邊盡．黃雲出塞多．
鼓鼙悲絕漠．烽戍隔長河．莫斷陰山路．天驕已請和．

送張南史（一作寄李紓）

雨餘深巷靜．獨酌送殘春．車馬雖嫌僻．鶯花不棄貧．
蟲絲黏戶網．鼠跡印牀塵．借問山陽會．如今有幾人．

送奚賈歸吳

東南富春渚．曾是謝公遊．今日奚生去．新安江正秋．
水清迎過客．霜葉落行舟．遙想赤亭下．聞猿應夜愁．

盩厔縣鄭礒宅送錢大（一作送別錢起 又作送友人別）

暮蟬不可聽．落葉豈堪聞．共是悲秋客．那知此路分．
荒城背流水．遠雁入寒雲．陶令門前菊．餘花可贈君．

贈萬生（一作贈高萬生）下第還吳

直道多不偶·美才應息機·灞陵春欲暮·雲海獨言歸·
為客成白首·入門嗟布衣·蓴羹若可憶·慚出掩柴扉·

送韋逸人歸鍾山（一作皇甫冉詩）

逸人歸路遠·弟子出山迎·服藥顏猶駐·耽書癖已成·
柴扉多歲月·藜杖見公卿·更作儒林傳·應須載姓名·

別房士清

世路還相見·偏堪淚滿衣·那能郢門別·獨向鄴城歸·
平楚看蓬轉·連山望鳥飛·蒼蒼歲陰暮·況復惜馳暉·

送彭偃房由赴朝因寄錢大郎中李十七舍人

衰病已經年·西峯望楚天·風光欺鬢髮·秋色換山川·
寂寞浮雲外·支離漢水邊·平生故人遠·君去話潸然·

送李遂之越

未習風波事．初爲東越遊．露霑湖草晚．月照海山秋．
梅市門何處．蘭亭水尚流．西陵待潮信．落日滿孤舟．

送鄭正則徐州行營（一作皇甫冉詩）

從軍非隴頭．師在古徐州．氣勁三河卒．功全萬户侯．
元戎閫外略．才子幄中籌．莫聽關山曲．還生塞上愁．

送李騎曹之靈武寧侍

一歲一歸寧．涼天數騎行．河來當塞曲．山遠與沙平．
縱獵旗風卷．聽笳帳月生．新鴻引寒色．迴日滿京城．

皇甫冉

潤州南郭留別（一作郎士元詩）

縈迴楓葉岸．留滯木蘭橈．吳岫新經雨．江天正落潮．故人勞見愛．行客自無聊．君問前程事．孤雲入剡遙．

巫山峽（一作高）

巫峽見巴東．迢迢出半空．雲藏神女館．雨到楚王宮．朝暮泉聲落．寒暄樹色同．清猿不可聽．偏在九秋中．

長安路（一作韓翃詩）

長安九城路．戚里五侯家．結束趨平樂．聯翩抵狹斜．高樓臨遠水．複道出繁花．唯有相如宅．蓬門度歲華．

送顧長（一作中史又作長史）往新安（一作劉長卿詩）

由來山水客．復道向新安．半是乘潮便．全非行路難．晨裝林月在．野飯浦沙寒．嚴子千年後．何人釣舊灘．

途中送權三兄弟（一本作送權三兄弟．一作送權韓）

淮海風濤起．江關憂思長．同悲鵲遶樹．獨作雁隨陽．
山晚雲初雪．汀寒月照霜．由來濯纓處．漁父愛滄浪．

落第後東遊留別

功成方自得．何事學干求．果以浮名誤．深貽達士羞．
九江連漲海．萬里任虛舟．歲晚同懷客．相思波上鷗．

泊舟陽與諸人同舟至馬林溪遇雨

雲林不可望．溪水更悠々．共載人皆客．離家春是秋．
遠山方對枕．細雨莫迴舟．來往南徐路．多為芳草留．

送客

旗鼓軍威重．關山客路賒．待封甘度隴．回首不思家．
城下春山路．營中瀚海沙．河源雖萬里．音信寄來查．

送唐別駕赴郢州

莫歎辭家遠．方看佐郡榮．長林通楚塞．高嶺見秦城．
雪向嶢關下．人從郢路迎．翩々駿馬去．自是少年行．

送廬（一作盧）山人歸林慮山

無論行遠近．歸向舊煙林．寥落人家少．青冥鳥道深．
白雲長滿目．芳草自知心．山色連東海．相思何處尋．

寄劉方平大谷田家

故山聞獨往．樵路憶相從．冰結泉聲絶．霜清野翠濃．
籬邊穎陽道．竹外少姨峯．日夕田家務．寒煙隔幾重．

送康判官往新安賦得江路西南永（一作長 一作劉長卿詩）

不向新安去．那知江路長．猿聲比廬霍．水色勝瀟湘．
驛樹收殘雨．漁家帶夕陽．何須愁旅泊．使者有輝光．

送延（一作江）陵陳法師赴上元

延陵初罷講·建業去隨緣·翻譯推多學·壇場最少年·
浣衣逢野水·乞食向人煙·遍禮南朝寺·焚香古像前·

題昭上人房

沃州傳教後·百衲老空林·慮盡朝昏磬·禪隨坐臥心·
鶴飛湖草迴·門閉野雲深·地與天台接·中峯早晚尋·

早發中巖寺別契上人

蒼々松桂陰·殘月半西岑·素壁寒燈暗·紅爐夜火深·
廚開山鼠散·鐘盡嶺猿吟·行役方如此·逢師懶話心·

劉方平

巫山神女

神女藏難識·巫山秀莫羣·今宵為大雨·昨日作孤雲·

散漫愁巴峽．徘徊戀楚君．先王為立廟．春樹幾氛氳．

梅花落

新歲芳梅樹．繁花四面同．春風吹漸落．一夜幾枝空．
少婦今如此．長城恨不窮．莫將遼海雪．來比後庭中．

秋夜泛舟

林塘夜發舟．蟲響荻颼々．萬影皆因月．千聲各為秋．
歲華空復晚．鄉思不堪愁．西北浮雲外．伊川何處流．

班婕妤 一作婕妤怨

夕殿別君王．宮深月似霜．人幽在長信．螢出向昭陽．
露浥紅蘭溼．秋凋碧樹傷．惟當合歡扇．從此篋中藏．

新春

南陌春風早．東鄰曙色斜．一花開楚國．雙燕入盧家．

眠罷梳雲髻．妝成上錦車．誰知如昔日．更浣越溪紗．

褚朝陽

登聖善寺閣 一題作登少室山

飛閣青霞裏．先秋獨早涼．天花映窗近．月桂拂簷香．
華岳三峯小．黃河一帶長．空間指歸路．煙際有垂楊．

田澄 一作登．杜甫曾有詩贈之．

成都爲客作

蜀郡將之遠．城南萬里橋．衣緣鄉淚濕．貌以客愁銷．
地富魚爲米．山芳桂是樵．旅遊唯得酒．今日過明朝．

劉眘虛

寄江滔求孟六遺文

南望襄陽路，思君情轉親。偏知漢水廣，應與孟家鄰。
在日貪為善，昨來聞更貧。相如有遺草，一為問家人。

柳中庸

幽院早春

草短花初拆，苔青柳半黃。隔簾春雨細，高枕曉鶯長。
無事含閒夢，多情識異香。欲尋蘇小々，何處覓錢塘。

寒食戲贈

春暮越江邊，春陰寒食天。杏花香麥粥，柳絮伴鞦韆。
酒是芳菲節，人當桃李年。不知何處恨，已解入箏弦。

蔣渙

登棲霞寺塔

三休尋磴道．九折步雲霓．瀑澗臨江北．郊原極海西．
沙平瓜步出．樹遠綠楊低．南指晴天外．青峰是會稽．

陳羽

移耶溪舊居呈陳元初校書

雞犬漁舟裏、長謠任興行．即令邀客醉．已被遠山迎．
書箋將非重．荷衣著甚輕．謝安無個事．忽起為蒼生．

秦系

晚秋拾遺朱放訪山居

不逐時人後．終年獨閉關．家中貧自樂．石上卧常閑．墜栗添新味．寒花帶老顏．侍臣當獻納．那得到空山．

早秋宿崔業居處

從來席不暖．為爾便淹留．雖泰今相會．雲山昔共遊．上簾宜晚景．卧簟覺新秋．身事何須問．余心正四愁．

秋日過僧惟則故院

衰草經行處．微燈舊道場．門人失譚柄．野鳥上禪牀．科斗書空古．栴檀鉢自香．今朝數行淚．卻灑約公房．

壽逸

早發湘潭寄杜員外院長

北風昨夜雨．江上早來涼．楚岫千峯翠．湘潭一葉黃．
故人湖外客．白首尚為郎．相憶無南雁．何時有報章．

鄭錫

度關山

象弭插文犀．魚腸瑩鸊鵜．水聲分隴咽．馬色度關迷．
曉幕胡沙慘．危峯漢月低．仍聞數騎將．更欲出遼西．

出塞

關山落葉秋．掩淚望營州．遼海雲沙暮．幽燕旌旆愁．
戰餘能送陣．身老未封侯．去國三千里．歸心紅粉樓．

嚴維

酬王侍御西陵渡見寄

前年萬里別．昨日一封書．郢曲西陵渡．秦宮使者車．
柳塘薰晝日．花水溢春渠．若不嫌雞黍．先令掃弊廬．

酬劉員外見寄

蘇耽佐郡時．近出白雲司．藥補清羸疾．窗吟絕妙詞．
柳塘春水漫．花塢夕陽遲．欲識懷君意．明朝訪檝師．

送李秘書往儋州

魑魅曾為伍．蓬來近拜郎．匡心膽北闕．家事在南荒．
莎草山城小．毛洲海驛長．玄成知必大．寧是泛滄浪．

荊溪館呈丘義興

失路荊溪上．依仁忽暝投．長橋今夜月．陽羨古時州．
野燒明山郭．寒更出縣樓．先生能館我．無事五湖遊．

自雲陽歸晚泊陸澧宅

天陰行易晚．前路故人居．孤棹所思久、寒林相見初．
閉燈忘夜永．清漏任更疏．明發還須去．離家幾歲除．

留別鄭紹劉長卿

中年從一尉、自笑此身非．道在甘微祿．時難恥息機．
晨趨本郡府．晝揜故山扉．待見干戈畢．何妨更採薇．

贈萬經

萬公長慢世、昨日又隨官．縱酒真彭澤．論詩得建安．
家山伯禹穴．別墅小長干．輒有時人至．窗前白眼看．

贈送崔子向（一本無贈字）

旅食來江上．求名赴洛陽．新詩蹤謝守．內學似支郎．
行怯秦為客、心依越是鄉．何人作知己．送爾淚浪浪．

顧況

洛陽早春

何地避春愁，終年憶舊遊。一家千里外，百舌五更頭。
客路偏逢雨，鄉山不入樓。故園桃李月，伊水向東流。

南歸

老病力難任，猶多鏡雪侵。鱸魚消宦況，鷗鳥識歸心。
急雨江帆重，殘更驛樹深。鄉關殊可望，漸々入吳音。

白蘋洲送客

莫信梅花發，由來讓報春。不才充野客，扶病送朝臣。
闕下搖青珮，洲邊採白蘋。臨流不痛飲，鷗鳥也欺人。

春鳥詞送元秀才入京

春來繡羽齊，暮向竹林棲。禁苑銜花出，河橋隔樹啼。
尋聲知去遠，顧影念飛低。別有無巢燕，猶窺幕上泥。

別江南

江城吹曉角，愁殺遠行人。漢將猶防虜，吳官欲向秦。
布帆輕白浪，錦帶入紅塵。將底求名宦，平生但任真。

送韋秀才赴舉

鄱陽中酒地，楚老獨醒年。芳桂君應折，沈灰我不然。
洛橋浮逆水，關樹接飛煙。唯有殘生夢，猶能到日邊。

耿湋

題童子寺

半偈留何處，全身棄此中。雨餘沙塔壞，月滿雪山空。

寶剎臨回磴。朱樓間碧叢。朝々日將暮。長對晉陽宮。

華州客舍奉和崔端公春城曉望

不語看芳徑。悲春懶獨行。向人微月在。報雨早霞生。
貧病催年齒。風塵掩姓名。賴逢驄馬客。郢曲緩羈情。

贈嚴維

許詢清論重。寂寞住山陰。野路接寒寺。閒門當古林。
海田秋熟早。湖水夜漁深。世上窮通理。誰人奈此心。

題莊上人房

不語焚香坐。心知道已成。流年衰此世。定力見他生。
暮雪餘春冷。寒燈續晝明。尋常五侯至。敢望下階迎。

宋中

日暮黃雲合。年深白骨稀。舊村喬木在。秋草遠人歸。

廢井莓苔厚．荒田路徑微．唯餘近山色．相對似依々．

秋夜思歸

來時猶暑服．今已露漫々．多雨逢初霽．深秋生夜寒．
投人心自切．爲客事皆難．何處無留滯．誰能暫問看．

送王將軍出塞

漢家邊事重．竇憲出臨戎．絕漠秋山在．陽關舊路通．
列營依茂草．吹角向高風．更就燕然石．行看奏虜功．

送楊將軍

一身良將後．萬里討烏孫．落日邊陲靜．秋風鼓角喧．
遠山當磧路．茂草向營門．生死酬恩寵．功名豈敢論．

送張侍御赴郴州別駕

佐郡人難料．分襟日復斜．一帆隨遠水．百口過長沙．

明月江邊夜．平陵夢裏家．王孫對芳草．愁思杳無涯．

關山月

月明邊徼静．戍客望鄉時．塞古柳衰盡．關寒榆發遲．
蒼々萬里道．戚々十年悲．今夜青樓上．還應照所思．

代宋州將淮上乞師

脣齒幸相依．危亡故遠歸．身經百戰後．家在數重圍．
上將堅深壘．殘兵斷落暉．常聞鐵劍利．早晚借餘威．

秋晚卧疾寄司空拾遺曙盧少府綸

寒几坐空堂．疏髯似積霜．老醫迷舊疾．朽藥誤新方．
晚果紅低樹．秋苔綠徧牆．慚非蔣生徑．不敢望求羊．

晚泊江澤浦即事呈柳兵曹泥

落日過重霞．輕烟上遠沙．移舟衝荇蔓．轉浦入蘆花．

斷岸迂來客．連波漾去槎．故鄉何處在．更道向天涯．

東郊別業

東皋占薄田．耕種過餘年．護藥栽山刺．澆蔬引竹泉．
晚雷期稔歲．重霧報晴天．若問幽人意．思齊沮溺賢．

早朝

鐘鼓餘聲裏．千官向紫微．冒寒人語少．乘月燭來稀．
清漏聞馳道．輕霞映瑣闈．猶看嘶馬處．未啟掖垣扉．

旅次漢故（一作好）畤

我行逼漢時．寥落見孤城．邑里經多難．兒童識五兵．
廣川桑遍綠．叢薄雉連鳴．惆悵蕭關道．終軍願請纓．

隴西行

雪下陽關路．人稀隴戍頭．封狐猶未翦．邊將豈無羞．

白草三冬色．黃雲萬里愁．因思李都尉．畢竟不封侯．

春日即事二首之一

詩書成志業．懶慢致蹉跎．聖代丹霄遠．明時白髮多．
淺謀堪自笑．窮巷憶誰過．寂寞前山暮．歸人樵採歌．

渭上送李藏器移家東都

求名須有據．學稼又無田．故國三千里．新春五十年．
移家還作客．避地莫知賢．洛浦今何處．風帆去渺然．

秋夜會宿李永宅憶江南舊遊

偶宿俱南客．相看喜盡歸．湖山話不極．歲月念空違．
子夜高梧冷．秋陰遠漏微．那無此良會．惜在謝家稀．

登鸛雀樓

久客心常醉．高樓日漸低．黃河經海內．華嶽鎮關西．

去遠千帆小．來遲獨鳥迷．終年不得意．空覺負東溪．

宣城逢張二南史

全家宛陵客．文雅世難儔．寄食年將老．干時計未從．秋來句曲水．雨後敬亭峯．西北長安遠．登臨恨幾重．

送胡校書秩滿歸河中

古樹汾陰道．悠々東去長．位卑仍解印．身老又還鄉．河水平秋岸．關門向夕陽．音書須數附．莫學晉嵇康．

登沃州山

沃州初望海．攜手盡時髦．小暑開鵬翼．新蓂長鷺濤．月如芳草遠．身比夕陽高．羊祜傷風景．誰云異我曹．

登樂遊原

園廟何年廢．登臨有故丘．孤村連日靜．多雨及霖休．

常與秦山對・曾經漢主遊・豈知千載後・萬事水東流・

題楊著別業

柳巷向陂斜・回陽噪亂鴉・農桑子雲業・書籍蔡邕家・
暮葉初翻砌・寒池轉露沙・如何守儒行・寂寞過年華・

尋覺公因寄李二端司空十四曙

少年嘗昧道・無事日悠々・及至悟生死・尋僧已白頭・
雲迴廬瀑雨・樹落給園秋・為我謝宗許・塵中難久留・

送王閏 一作潤

相送臨漢水・愴然望故關・江蕪連夢澤・楚雪入商山・
語我他年舊・看君此日還・因將自悲淚・一灑別離間・

送蜀客還

萬峯深積翠・路向此中難・欲暮多羇思・因高莫遠看・

卓家人寂寞．揚子業荒殘．唯見岷山水．悠々帶月寒．

秋日（一作落照）

照耀天山外．飛鴉幾共過．微紅拂秋漢．片白透長波．
影促寒汀薄．光殘古木多．金霞與雲氣．散漫復相和．

戎昱

羅江客舍

山縣秋雲闇．茅亭暮雨寒．自傷庭葉下．誰問客衣單．
有興時添酒．無聊懶整冠．近來鄉國夢．夜々到長安．

漢上題韋氏莊

結茅同楚客．卜築漢江邊．日落數歸鳥．夜深聞扣舷．
水痕侵岸柳．山翠借廚煙．調笑提筐婦．春來蠶幾眠．

閨情

側聽宮官說．知君寵尚存．未能開笑頰．先欲換愁魂，
寶鏡窺妝影．紅衫裛淚痕．昭陽今再入．寧敢恨長門．

玉臺體題湖上亭

湖入縣西邊．湖頭勝事偏．綠竿初長筍．紅穎未開蓮．
蔽日高々樹．迎人小々船．清風長入坐，夏月似秋天．

桂州臘夜

坐到三更盡．歸仍萬里賒．雪聲偏傍竹．寒夢不離家．
曉角分殘漏．孤燈落碎花．二年隨驃騎．辛苦向天涯．

再赴桂州先寄（一作上）李大夫

玷玉甘長棄．朱門喜再遊．過因讒後重．恩合死前酬．
養驥須憐瘦．栽松莫厭秋．今朝兩行淚．一半血和流．

歲暮客懷

異鄉三十口．親老復家貧．無事乾坤內．虛為翰墨人．
歲華南去後．愁夢北來頻．惆悵江邊柳．依々又欲春．

送鄭鍊師貶辰州

辰州萬里外．想得逐臣心．謫去刑名枉．人間痛惜深．
誤將瑕指玉．遂使謗消金．計日西歸在．休為澤畔吟．

寄鄭鍊師

平生金石友．淪落向辰州．已是二年客．那堪終日愁．
尺書渾不寄．兩鬢計應秋．今夜相思月、情人南海頭．

酬梁二十

渚宮無限客．相見獨相親，長路皆同病．無言似一身．
歲寒唯愛竹．憔悴不堪春、細與知音說．攻文恐誤人．

送嚴十五郎之長安

送客身為客．思家愴別家．暫收雙眼淚．遥想五陵花．
路遠征車迴．山迴劍閣斜．長安君到日．春色未應賒．

冬夜宴梁十三廳

故人能愛客．秉燭會吾曹．家為朋徒罄．心緣翰墨勞．
夜寒銷臘酒．霜冷重綈袍．醉卧西窗下．時聞雁響高．

贈宜陽張使君

暫作宜陽客．深知太守賢．政移千里俗．人戴兩重天．
舊郭多新室．閒坡盡闢田．倘令黃霸在．今日恥同年．

題嚴氏竹亭

子陵棲遁處．堪繫野人心．溪水浸山影．嵐煙向竹陰．
忘機看白日．留客醉瑤琴．愛此多詩興．歸來步步吟．

桂州歲暮

歲暮天涯客．寒窗欲曉時．君恩空自感．鄉思夢先知．
重譴人愁別．驚棲鵲戀枝．不堪樓上角．南向海風吹．

竇叔向

秋砧送邑（一作色）大夫

斷續長門下．清冷逆旅秋．征夫應待信．寒女不勝愁．
帶月飛城上．因風散陌頭．離居偏入聽．況復送歸舟．

過擔石湖

曉發漁門戍．晴看擔石湖．日銜高浪出．天入四空無．
咫尺分洲島．纖毫指舳艫．渺然從此去．誰念客帆孤．

寳常

項亭懷古

力取誠多難．天亡路亦窮．有心裁帳下．無面到江東．
命厄留騅處．年銷逐鹿中．漢家神器在．須廢拔山功．

哭張倉曹南史

萬事竟蹉跎．重泉恨若何．官臨環衛小．身逐轉蓬多．
麗藻嘗專席．閒情欲爛柯．春風宛陵路．丹旐在滄波．

北固晚眺

水國芒種後．梅天風雨涼．露蠶開晚簇．江燕繞危檣．
山趾北來固．潮頭西去長．年々此登眺．人事幾銷亡．

寳常

黔中書事

萬事非京國．千山擁麗譙．佩刀看日曬．賜馬傍江調．
言語多重譯．壺觴每獨謠．沿流如著翅．不敢問歸橈．

北地（一作容州）

何事到容州．臨池照白頭．興隨年已往．愁與水長流．
僶俛恩逋客．辛勤悔飯牛．詩人亦何意．樹草欲忘憂．

竇庠

太原送穆質南遊

今朝天景清．秋入晉陽城．露葉離披處．風蟬三數聲．
那言苦行役．值此遠徂征．莫話心中事．相看氣不平．

夜行古戰場

山斷塞初平．人言古戰庭．泉冰聲更咽．陰火燄偏青．
月落雲沙黑．風迴草木腥．不知秦與漢．徒欲弔英靈．

寶輦

老將行 一作吟

烽煙猶未盡．年鬢暗相催．輕敵心空在．彎弓手不開．
馬依秋草病．柳傍故營摧．唯有酬恩客．時聽說劍來．

贈蕭都官

蕭郎自小賢．愛客不言錢．有酒輕寒夜．無愁倚少年．
閑尋織錦字．醉上看花船．好是關身事．從人道性偏．

早秋江行

迴望湓城遠．西風吹荻花．暮潮江勢闊．秋雨雁行斜．

多醉渾無夢．頻愁欲到家．漸驚雲樹轉．數點是晨鴉．

漢陰驛與宇文十相遇旋歸西川因以贈別

吳蜀何年別．相逢漢水頭．望鄉心共醉．握手淚先流．
宿霧千山曉．春霖一夜愁．離情方浩蕩．莫說去刀州．

唐五言近體詩選　卷之六

姚倫

過章秀才洛陽客舍

達人心自適，旅舍當閑居。不出來時徑，重看讀了書。
晚山嵐色近，斜日樹陰疏。盡是忘言客，聽君誦子虛。

陳潤

東都所居寒食下作

江南寒食早，二月杜鵑鳴。日暖山初綠，春寒雨欲晴。
浴蠶當社日，改火待清明。更喜瓜田好，令人憶邵平。

登西靈塔

塔廟出招提．登臨碧海西．不知人意遠．漸覺鳥飛低．
稍與雲霞近．如將日月齊．遷喬未得意．徒欲躡雲梯．

送駱徵君

野人膺辟命．溪上掩柴扉．黃卷猶將去．青山豈更歸．
馬留苔蘚迹．人脫薜蘿衣．他日相思處．天邊望少微．

張叔卿

空靈岸

寒盡鴻先去．江迴客未歸．早知名是幻．不敢繡為衣．
霧積川原暗．山多郡縣稀．今朝下湘岸．更逐鷓鴣飛．

戴叔倫

除夜宿石頭驛

旅館誰相問，寒燈獨可親。一年將盡夜，萬里未歸人。
寥落悲前事，支離笑此身。愁顏與衰鬢，明日又逢春，

客夜與故人偶集（一作江鄉故人偶集客舍）

天秋月又滿，城闕夜千重。還作江南會，翻疑夢裏逢。
風枝驚暗鵲，露草覆寒蛩。羈旅長堪醉，相留畏曉鐘。

送友人東歸（一作逢許評事。一作方干詩，題云送盧平事東歸。）

萬里楊柳色，出關送故人。輕煙拂流水，落日照行塵。
積夢江湖闊，憶家兄弟貧。裴回灞亭上，不語自傷春。

遊少林寺

步入招提路，因之訪道林。石龕苔蘚積，香徑白雲深、

雙樹含秋色、孤峯起夕陰．屧廊行欲遍．回首一長吟、

崇德道中

暖日菜心稠．晴煙麥穗抽．客心雙去翼．歸夢一扁舟．
廢塔巢雙鶴．長波漾白鷗．關山明月到．愴惻十年遊．

過賈誼宅

一謫長沙地．三年歎逐臣．上書憂漢室．作賦弔靈均．
舊宅秋荒草．西風客薦蘋．淒涼回首處．不見洛陽人．

客中言懷

白髮照烏紗．逢人只自嗟．官閒如致仕．客久似無家．
夜雨孤燈夢．春風幾度花．故園歸有日．詩酒老生涯．

春日訪山人

遠訪山中客．分泉謾煮茶．相攜林下坐．共惜鬢邊華．

歸路逢殘雨、沿溪見落花．候門童子問．遊樂到誰家、

臥病

門掩青山臥．莓苔積雨深．病多知藥性．客久見人心．
衆鳥趨林健．孤蟬抱葉吟．滄洲詩社散．無夢盍朋簪．

與友人過山寺

共有春山興．幽尋此日同．談詩訪靈徹．入社愧陶公，
竹暗閒房雨．茶香別院風．誰知塵境外．路與白雲通．

送耿十三湋復往遼海

仗劍萬里去．孤城遼海東．旌旗愁落日．鼓角壯悲風．
野迥邊塵息．烽消戍樓空．轅門正休暇．投策拜元戎．

贈韋評事儧

與道共浮沈．人間歲月深．是非園吏夢．得失塞翁心．

細草誰開徑．芳條自結陰．由來居物外．無事可抽簪．

送僧南歸

兵塵猶澒洞．僧舍亦徵求．師向江南去、予方轂下留．
風霜兩足白．宇宙一身浮．歸及梅花發．題詩寄隴頭．

題橫山寺

偶入橫山寺．湖山景最幽．露涵松翠濕．風湧浪花浮．
老衲供茶盌．斜陽送客舟．自緣歸思促、不得更遲留．

過柳州

地盡江南戍．山分桂北林．火雲三月合、石路九疑深、
暗谷隨風過．危橋共鳥尋．羈魂愁似絕、不復待猿吟．

過中州

萬人曾戰死、幾處見休兵．井邑初安堵．兒童未長成．

涼風吹古木．野火入殘營．牢落千餘里．山空水復清．

次下牢韻

獨立荒亭上．蕭々對晚風．天高吳塞闊．日落楚山空．
猿叫三聲斷．江流一水通．前程千萬里．一夕宿巴東．

夔州路別錄事

府中相見少．江上獨行遙．會日起離恨．新年別舊僚．
春雲猶伴雪．寒渚未通潮．回首群山暝．思君轉寂寥．

京口送（一作逢）皇甫司馬副端曾舒州辭滿歸去東都

潮水忽復過．雲帆儼欲飛．故園雙闕下．左宦十年歸．
晚景照華髮．涼風吹繡衣．淹留更一醉．老去莫相違．

新秋夜寄江右友人

邊夜獨不寐．寂寥蓬戶中．河明五陵上．月滿九門東．

舊知親友散．故園江海空．懷歸正南望．此夕起秋風．

送謝夷甫宰餘姚縣

君去方為宰．干戈尚未銷．邑中殘老小．亂後少官僚．
廨宇經兵火．公田沒海潮．到時應變俗．新政滿餘姚．

送李長史縱之任常州

不與名利隔．且為江漢遊．吳山本佳麗．謝客舊淹留．
狹道通陵口．貧家住蔣州．思歸復怨別．寥落詎關秋、

送汶水王明府

何時別故鄉．歸去佩銅章．親族移家盡．閭閻百戰場．
背關餘古木．近塞足風霜．遺老應相賀、知君不下堂．

于良史

春山夜月

春山多勝事，賞翫夜忘歸。掬水月在手，弄花香滿衣。興來無遠近，欲去惜芳菲。南望鳴鐘處，樓臺深翠微。

冬日野望寄李贊府（一本無野望二字）

地際朝陽滿，天邊宿霧收。風兼殘雪起，河帶斷冰流。北闕馳心極，南圖尚旅遊。登臨思不已，何處得銷愁。

張衆甫

送李觀之宣州謁袁中丞賦得三州渡

古渡大江濱，西南距要津。自當舟檝路，應濟往來人。翻浪驚飛鳥，回風起綠蘋。君看波上客，歲晚獨垂綸。

盧綸

送韓都護還邊

好勇知名早，爭雄上將間。戰多春入塞，獵慣夜登山。
陣合龍蛇動，軍移草木閑。今來部曲盡，白首過蕭關。

送鹽鐵裴判官入蜀

傳詔收方貢，登車著賜衣。榷商蠻客富，稅地芋田肥。
雲白風雷歇，林清洞穴稀。炎涼君莫問，見即在忘歸。

送魏廣下第歸揚州

楚鄉雲水內，春日眾山開。淮浪參差起，江帆次第來。
獨歸初失桂，共醉忽停杯。漢詔年年有，何愁掩上才。

送潘述應宏詞下第歸江南

愁與醉相和．昏々竟若何．感年懷闕久．失意夢鄉多．
雨裏行青草．山前望白波．江樓霞棋好．誰引仲宣過．

送元贊府重任龍門縣

二職亞陶公．歸程與夢同．柳垂平澤雨．魚躍大河風．
混跡威長在．孤清志自雄．應嗤向隅者．空寄路塵中．

送陳明府赴萍鄉縣

素舸載陶公．南隨萬里風．梅花成雪嶺．橘樹當家僮．
祠掩荒山下．田開野荻中．歲終書善績．應與古碑同．

送陝府王司法

東門雪霞塵．出送陝城人．粉郭朝喧市．朱橋夜掩津．
上寮應重學．小吏已甘貧．謝朓曾為掾．希君一比鄰．

送夔州班使君

曉日照樓船．三軍拜峽前．白雲隨浪散．青壁與城連．
萬嶺岷峨雪．千家橘柚川．還知楚河內．天子許經年．

送從叔士準赴任潤州司士

雲起山城暮．沉沉江上天．風吹建業雨．浪入廣陵船．
久是吳門客．嘗聞謝守賢．終悲去國遠．淚盡竹林前．

送暢當赴山南幕

含情脫佩刀．持以佐賢豪．是月霜霰下．伊人行役勞．
事將名共易．文與行空高．去矣奉戎律．悲君為我曹．

將赴闕鄉灞上留別錢起員外

暖景登橋望．分明春色來．離心自惆悵．車馬亦裴回．
遠雪和霜積．高花占日開．從官竟何事．憂患已相催．

酬苗員外仲夏歸郊居遇雨見寄

雷響風仍急．人歸鳥亦還．亂雲方至水．驟雨已喧山．
田鼠依林上．池魚戲草間．因茲屏埃霧．一詠一開顏、

倫開府席上賦得詠美人名解愁

不敢苦相留．明知不自由．嚬眉乍欲語．斂笑又低頭．
舞態兼些醉．歌聲似帶羞．今朝總見也．只不解人愁．

春日書情贈別司空曙

壯志隨年盡．謀身意未安．風塵交契闊．老大別離難．
臘近晴多暖．春遲夜卻寒．誰堪少兄弟．三十又無官．

行藥前軒呈董山人

不覺老將至．瘦來方自驚．朝昏多病色．起坐有勞聲．
膝暖苦肌癢．藏虛唯耳鳴．桑公富靈術．一為保餘生．

同薛存誠登棲巖寺

衰蹇步難前．上山如上天．塵泥來自晚．猿鶴到何先．
萬壑應孤磬．百花通一泉．蒼々此明月．下界正沈眠．

觀袁修侍郎漲新池

引水香山近．穿雲復遶林．纔聞籬外響．已覺石邊深．
滿處侵苔色．澄來見柳陰．微風月明夜．知有五湖心．

泊揚子江岸

山映南徐暮．千帆入古津．魚驚出浦火．月照渡江人．
清鏡催雙鬢．滄波寄一身．空憐莎草色．長接故園春．

夜泊金陵

圓月出高城．蒼々照水營．江中正吹笛．樓上又無更．
洛下仍傳箭．關西欲進兵．誰知五湖外．諸將但爭名．

山中詠古木

高木已蕭索·夜雨復秋風·墜葉鳴叢竹·斜根擁斷蓬·
半侵山色裏·長在水聲中·此地何人到·雲間路亦通·

送何召下第後歸蜀

褒斜行客過·棧道響危空·路遶雲初上·山明日正中·
水程通海貨·地利雜吳風·一別金門遠·何人復薦雄·

春江夕望

洞庭芳草遍·楚客莫思歸·經難人空老·逢春雁自飛·
東西兄弟遠·存沒友朋稀·獨立還垂淚·天南一布衣·

臥病書懷

苦心三十載·白首遇艱難·舊地成孤客·全家賴釣竿·
貌衰緣藥盡·起晚為山寒·老病今如此·無人更問看·

落第後歸終南別業

久為名所誤．春盡始歸山、落羽羞言命．逢人強破顔．
交疏貧病裏、身老是非間．不及東溪月．漁翁夜往還．

章八元

新安江行

江源南去永、野渡暫維梢、古戍懸漁網．空林露鳥巢．
雪晴山脊見、沙淺浪痕交．自笑無媒者、逢人作解嘲．

李益

送人流貶

漢章雖約法、秦律已除名、謗遠人多惑．官微不自明．
霜風先獨樹、瘴雨失荒城、疇昔長沙事．三年召賈生．

送常曾侍御使西蕃寄題西川

涼王宮殿盡·蕪沒隴雲西·今日聞君使·雄心逐鼓鼙·
行當收漢壘·直可取蒲泥·舊國無由到·煩君下馬題·

送韓將軍還邊

白馬羽林兒·揚鞭薄暮時·獨將輕騎出·暗與伏兵期·
雨雪移軍遠·旌旗上隴遲·聖心戎寄重·未許讓恩私·

春行

侍臣朝謁罷·戚里自相過·落日青絲騎·春風白紵歌·
恩承三殿近·獵向五陵多·歸路南橋望·垂楊拂細波·

洛陽河亭奉酬留守群公追送 一作李逸詩

離亭餞落暉·臘酒減春衣·歲晚煙霞重·川寒雲樹微·
戎裝千里至·舊路十年歸·還似汀洲雁·相逢又背飛·

送同落第者東歸

東門有行客．落日滿前山．聖代誰知者．滄洲今獨還．
片雲歸海暮．流水背城閒．余亦依嵩潁．松花深閉關．

送柳判官赴振武

邊庭漢儀重．旌甲似雲中．虜地山川壯．單于鼓角雄．
關寒塞榆落．月白胡天風．君逐嫖姚將．麒麟有戰功．

喜見外弟又言別

十年離亂後．長大一相逢．問姓驚初見．稱名憶舊容．
別來滄海事．語罷暮天鐘．明日巴陵道．秋山又幾重．

赴邠寧留別

身承漢飛將．束髮即言兵．俠少何相問．從來事不平．
黃雲斷朔吹．白雪擁沙城．幸應邊書募．橫戈會取名．

夜上受降城聞笛 一作戎昱詩

入夜歸思切．笛聲清更哀．愁人不願聽．自到枕前來．
風起塞雲斷．夜深關月開．平明獨惆悵．落盡一庭梅．

送客歸振武

駿馬事輕車．軍行萬里沙．胡山通嗢落．漢節繞澤邪．
桂滿天西月．蘆吹塞北笳．別離俱報主．路極不爲賒．

李端

送從叔赴洪州

榮家兼佐幕．叔父似還鄉．王粲名雖重．郄超髯未長．
鳴橈過夏口．斂笏見潯陽．後夜相思處．中庭月一方．

雨後遊輞川

驟雨歸山盡．穎陽入輞川．看虹登晚墅．踏石過春泉．
紫葛藏仙井．黄花出野田．自知無路去．迴步就人煙．

同皇甫侍御題惟一上人房

焚香居一室．盡日見空林．得道輕年暮．安禪愛夜深．
東西皆是夢．存沒豈關心．唯羨諸童子．持經在竹陰．

同苗一作裴員外宿薦福寺僧舍

潘安秋興動．涼夜宿僧房．倚杖雲離月．垂簾竹有霜．
迴風生遠邇．落葉颯長廊．一與交親會．空貽別後傷．

過宋州

睢陽陷虜日．外絕救兵來．世亂忠臣死．時清明主哀．
荒郊春草徧．故壘野花開．欲為將軍哭．東流水不迴．

山中期言中學

行人路不同．花落到山中．水暗蕭葭霧．月明楊柳風．
年華驚已擲．志業颯然空．何必龍鍾後．方期事遠公．

酬前大理寺評事張芬

君家舊林壑．寄在亂峯西．近日春雲滿．相思路亦迷．
聞鐘投野寺．待月過前溪．悵望成幽夢．依々識故蹊．

宿興善寺後堂池 一本無堂字

草堂高樹下．月向後池生．野客同僧靜．新荷共水平．
錦鱗沉不食．繡羽亂相鳴．即事思江海．誰能萬里行．

憶皎然上人

未得從師去．人間萬事勞．雲門不可見．山木已應高．
何日開柴戶．驚秋問敝袍．何由宿峯頂．窗裏望波濤．

贈衡岳隱禪師

舊住衡州寺．隨緣偶北來．夜禪山雪下．朝汲竹門開．
半偈傳初盡．群生意未迴．唯當與樵者．杖錫入天台．

雲陽觀一作宿華陽洞寄袁稠一作元陽觀寄元稱

花洞晚陰陰．仙壇隔杏林．漱泉春谷冷．擣藥夜窗深．
石上開仙酌．松間對玉琴．戴家溪北住．雪後去相尋．

邊頭作

邠郊泉脈動．落日上城樓．羊馬水草足．羌胡帳幕稠．
射鵰過海岸．傳箭怯邊州．何事歸朝將．今年又拜侯．

贈李龜年

青春事漢主．白首入秦城．遍識才人字．多知舊曲名．
風流隨故事．語笑合新聲．獨有垂楊樹．偏傷日暮情．

宿山寺雪夜寄吉中孚

獨愛僧房竹．春來長到池．雲遮皆晃朗．雪壓半低垂．
不見侵山葉．空聞拂地枝．鄙夫今夜興．唯有子猷知．

寄暢當

麥秀草芊芊．幽人好晝眠．雲霞生嶺上．猿鳥下牀前．
顏子方敦行．支郎久住禪．中林輕暫別．約略已經年．

書志贈暢當 并序

余少尚神仙．且未能去．友人暢當以禪門見導．余心知必是．未得其門．因寄詩以咨焉．

少喜神仙術．未去已蹉跎．壯志一爲累．浮生事漸多．
衰顏不相識．歲暮定相過．請問宗居士．君其奈老何．

江上喜逢司空文明

秦人江上見．握手淚沾巾．落日見秋草．暮年逢故人．

非夫長作客．多病淺謀身．臺閣舊親友．誰曾見苦辛．

送宋校書赴宣州幕

浮舟壓芳草．容裔逐江春．遠避看書吏．行當入幕賓．
夜潮衝老樹．曉雨破輕蘋．鴛鷺多傷別．欒家德在人．

宿瓜洲寄柳中庸

懷人同不寐．清夜起論文．月魄正出海．雁行斜上雲．
寒潮來灩々．秋葉下紛々．便送江東去．徘徊祇待君．

夜宴虢縣張明府宅逢宇文評事

虢田留古宅．入夜足秋風．月影來窗裏．燈光落水中．
徵詩逢謝客．飲酒得陶公．更愛疏籬下．繁霜濺菊叢．

將之澤潞留別王郎中

弱年知己少．前路主人稀．貧病期相惜．艱難又憶歸．

事成應未卜．身賤又無機．幸到龍門下．須因羽翼飛．

晚次巴陵

雪後柳條新．巴陵城下人．烹魚邀水客．載酒奠江神．
雲去低斑竹．波迴動白蘋．不堪逢楚老．日暮正江春．

送夏中丞赴寧國任

楚縣入青楓．長江一派通．板橋尋謝客．古邑事陶公．
片雨收山外．連雲上漢東．陸機猶滯洛．念子望南鴻．

題山中別業

舊宅在山中．閒門與寺通．往來黃葉路．交結白頭翁．
晚筍難成竹．秋花不滿叢．生涯祇麤糲．吾豈諱言窮．

送新城戴叔倫明府

遙想隋堤路．春天楚國情．白雲當海斷．青草隔淮生．

雁起斜還直．潮回遠復平．萊蕪不可到．一醉送君行．

送陸郎中歸田司空幕

漢家分列宿．東土佐諸侯．結束還軍府．光輝過御溝．
農桑連紫陌．分野入青州．覆被恩難報．西看成白頭．

酬晉侍御見寄

野客叢詩贈．殊恩欲報難．本求文舉識．不在子真官．
細雨雙林暮．重陽九日寒．貧齋一叢菊．願與上賓看．

奉送宋中丞使河源

東周遣戍役．才子欲離群．部領河源去．悠々隴水分．
笳聲悲塞草．馬首渡關雲．辛苦逢炎熱．何時及漢軍．

送友入關 一本題上有代從兄衡四字

聞君帝城去．西望一沾巾．落日見秋草．暮年逢故人．

非才長作客．有命懶謀身．近更嬰衰疾．空思老漢濱．

宿洞庭

白水連天暮．洪波帶日流．風高雲夢夕．月滿洞庭秋．
沙上漁人火．煙中賈客舟．西園與南浦．萬里共悠々．

暢當

奉送杜中丞赴洪州

詔出鳳凰宮．新恩連帥雄．江湖經戰陣．草木待仁風．
豪右貪威愛．紆繁德簡通．多慚君子顧．攀餞路塵中．

暢諸

早春

獻歲春猶淺．園林未盡開．雪和新雨落．風帶舊寒來．
聽鳥聞歸雁．看花識早梅．生涯知幾日．更被一年催．

楊憑

晚泊江戍

旅檣依遠戍．清湘急晚流．若為南浦宿．逢此北風秋．
雲月孤鴻晚．關山幾路愁．年々不得意．零落對滄洲．

楊凝

送客歸淮南

畫舫照河堤．暄風百草齊．行絲直網蝶．去燕旋遺泥．
郡向高天近．人從別路迷．非關御溝上．今日各東西．

春情

舊宅洛川陽．曾遊々俠場．水添楊柳色．花絆綺羅香．
趙瑟多愁曲．秦家足豔妝．江潭遠相憶．春夢不勝長．

送人出塞

北風吹雨雪．舉目已悽々．戰鬼秋頻哭．征鴻夜不棲．
沙平關路直．磧廣郡樓低．此去非東魯．人多事鼓鼙．

夜泊渭津

飄々東去客．一宿渭城邊．遠處星垂岸．中流月滿船．
凉歸夜深簟．秋入雨餘天．漸覺家山小．殘程尚幾年．

行思

千里豈云去．欲歸如路窮．人間無暇日．馬上又秋風．
破月銜高岳．流星拂曉空．此時皆在夢．行色獨悤々．

感懷題從舅宅

鄰家庭樹下，幾度醉春風。今日花還發，當時事不同。
流言應未息，直道竟難通。徒遣相思者，悲歌向暮空。

楊凌

鍾陵雪夜酬友人

窮臘催年急，陽春怯和歌。殘燈閃壁盡，夜雪透窗多。
歸路山川險，遊人夢寐過。龍洲不可泊，歲晚足驚波。

潤州水樓

歸心不可留，雪桂一叢秋。葉雨空江月，螢飛白露洲。
野蟬依獨樹，水郭帶孤樓。遙望山川路，相思萬里遊。

司空曙

送永陽崔明府

古國群舒地．前當桐柏關．連綿江上雨．稠疊楚南山．
沙館行帆息．楓洲候吏還．乘籃若有暇．精舍在林間．

送崔校書赴梓幕

碧峯天柱下．鼓角鎮南軍．管記催飛檄．蓬萊輟校文．
棧霜朝似雪．江霧晚成雲．想出褒中望．巴庸方路分．

送夔州班使君

蜀國巴庸路．鼇幢漢守過．曉檣爭市隘．夜鼓祭神多．
雲白當山雨．風清滿峽波．夷陵舊人吏．猶誦兩岐歌．

病中寄鄭十六兄 一本題下有概字

倦枕欲徐行．開簾秋月明．手便筇杖冷．頭喜葛巾輕．

綠草前侵水．黃花半上城．虛消此塵景．不見十年兄．

酬鄭十四望驛不得同宿見贈因寄張參軍

逢君喜成淚．暫似故鄉中．謫宦猶多懼．清宵不得終．
月煙高有鶴．宿草淨無蟲．明白郄超會．應思下客同．

雲陽寺石竹花

一自幽山別．相逢此寺中．高低俱出葉．深淺不分叢．
野蝶難爭白．庭榴暗讓紅．誰憐芳最久．春露到秋風．

過錢員外

為郎頭已白．跡向市朝稀．移病居荒宅．安貧著敗衣．
野園隨客醉．雪寺伴僧歸．自說東峰下．松蘿滿故扉．

送流人

聞說南中事．悲君重竄身．山村楓子鬼．江廟石郎神．

童稚留荒宅．圖書託故人．青門好風景．爲爾一沾巾．

過胡居士（一作湖上）覩王右丞遺文

舊日相知盡．深居獨一身．閉門空有雪．看竹永無人．
每許前山隱．曾憐陋巷貧．題詩今尚在．暫爲拂流塵．

賊平後送人北歸

世亂同南去．時清獨北還．他鄉生白髮．舊國見青山．
曉月過殘壘．繁星宿故關．寒禽與衰草．處々伴愁顏．

觀獵騎（一作公子行）

纓臂繡綸巾．貂裘窄稱身．射禽風助箭．走馬雪翻塵．
金埒爭開道．香車爲駐輪．翩々不知處．傳是霍家親．

雲陽館與韓紳（一作韓升卿）宿別

故人江海別．幾度隔山川．乍見翻疑夢．相悲各問年．

孤燈寒照雨．溼竹暗浮煙．更有明朝恨．離杯惜共傳．

秋思呈尹植裴說 一本題下有鄭洞二字

靜向懶相偶．年將衰共催．前途惟不集．往事恨空來．晝景委紅葉．月華銷綠苔．沈思竟何有．坐結玉琴哀．

送吉校書東歸

少年芸閣吏．罷直暫歸休．獨與親知別．行逢江海秋．聽猿看楚岫．隨雁到吳洲．處處園林好．何人待子猷．

送鄭明府貶嶺南

青楓江色晚．楚客獨傷春．共對一尊酒．相看萬里人．猜嫌成謫宦．正直不防身．莫畏炎方久．年年雨露新．

送王闈

相送臨寒水．蒼然望故關．江蕪連夢澤．楚雪入商山．

話我他年舊．看君此日還．因將自悲淚．一灑別離間．

江園書事寄盧綸

種柳南江邊．閉門三四年．艷花那勝竹．凡鳥不如蟬．
嗜酒漸嬰渴．讀書多欲眠．平生故交在．白首遠相憐．

送鄭況往淮南

西楚見南關．蒼々落日間．雲離大雷樹．潮入秣陵山．
登戍因高望．停橈放溜閒．陳公有賢榻．君去豈空還．

送龐判官赴黔中

天遠風煙異．西南見一方．亂山來蜀道．諸水出辰陽．
堆案青油暮．看棋畫角長．論文誰可制．記室有何郎．

送人遊嶺南

萬里南遊客．交州見柳條．逢迎人易合．時日酒能消．

浪曉浮青雀．風溫解黑貂．囊金如未足．莫恨故鄉遙．

喜外弟盧綸見（一作訪）宿

靜夜四無鄰．荒居舊業貧．雨中黃葉樹．燈下白頭人．
以我獨沈久．愧君相見頻．平生自有分．況是蔡家親．

深上人見訪憶李端

雁稀秋色盡．落日對寒山．避事多稱疾．留僧獨閉關．
心歸塵俗外．道勝有無間．仍憶東林友．相期久不還．

題鮮于秋（一作映）林園

雨後園林好．幽行迴野通．遠山芳草外．流水落花中．
客醉悠々慣．鶯啼處々同．夕陽自一望．日暮杜陵東．

獨遊寄衛長林

草綠春陽動．遲々澤畔遊．戀花同野蝶．愛水劇江鷗．

身外唯須醉．人間盡是愁．那知鳴玉者．不羨賣瓜侯．

崔峒

客舍書情寄趙中丞

東楚復西秦．浮雲類此身．關山勞策蹇．僮僕慣投人．孤客來千里．全家託四鄰．生涯難自料．中夜問情親．

客舍有懷因呈諸在事

讀書常苦節．待詔豈辭貧．暮雪猶驅馬．晡餐又寄人．愁來占吉夢．老去惜良辰．延首平津閣．家山日已春．

初除拾遺酬丘二十二見寄一作初拜命酬丘丹見贈

江海久垂綸．朝衣忽掛身．丹墀初謁帝．白髮免羞人．才愧文章士．名當諫諍臣．空餘薦賢分．不敢負交親．

送陸明府之盱眙

陶令之官去．窮愁慘別魂．白煙橫海戍．紅葉下淮村．
濤浪搖山郭．平蕪到縣門．政成堪吏隱．免負府公恩．

登潤州芙蓉樓

上古人何在．東流水不歸．往來潮有信．朝暮事成非．
煙樹臨沙靜．雲帆入海稀．郡樓多逸興．良牧謝玄暉．

江上書懷

骨肉天涯別．江山日落時．淚流襟上血．髮變鏡中絲．
胡越書難到．存亡夢豈知．登高回首罷．形影自相隨．

春日憶姚氏外甥

離亂人相失．春秋雁自飛．祇緣行路遠．未必寄書稀．
二月花無數．頻年意有違．落暉看過後．獨坐淚沾衣．

喜逢妻弟鄭損因送入京

亂後自江城．相逢喜復驚．為經多載別．欲問小時名．
對酒悲前事．論文畏後生．遙知盈卷軸．紙貴在江城．

衛象

傷李端

才子浮生促．泉臺此路賒．官卑揚執戟．年少賈長沙．
人去門棲鵩．災成酒誤蛇．唯餘封禪草．留在茂陵家．

吳貫

尋許山人亭子

桃源若遠近．漁子棹輕舟．川路行難盡．人家到漸幽．

山禽拂席起．溪水入庭流．君是何年隱．如今成白頭．

張南史

富陽南樓望淅江風起

南樓渚風起．樹杪見滄波．稍覺征帆上．蕭々暮雨多．
沙洲殊未極．雲水更相和．欲問任公子．垂綸意若何．

同韓侍郎秋朝使院

重門啓曙關．一葉報秋還．露井桐柯濕．風庭鶴翅閒．
忘情簪白筆．假夢入青山．惆悵袛應此．難裁語默間．

送朱大（一作丈）遊塞（一作送朱大北遊）

歲暮一為別．江湖聊自寬．且無人事處．誰謂客行難．
鄴曲憐公子．吳州憶伯鸞．蒼々遠山際．松柏獨宜寒．

西陵懷靈一上人兼寄朱放

淮海風濤起·江關憂思長·同悲鵲遶樹·獨坐雁隨陽·
山晚雲和雪·汀寒月照霜·由來濯纓處·漁父愛滄浪·

送司空十四北遊宋州

九拒危城下·蕭條送爾歸·寒風吹畫角·暮雪犯征衣·
道里猶成間·親朋重與違·白雲愁欲斷·看入大梁飛·

殷卿宅夜宴

日暗城烏宿·天寒櫪馬嘶·詞人留上客·妓女出中閨·
積雪連燈照·迴廊映竹迷·太常今夜宴·誰不醉如泥·

唐五言近體詩選　卷之七

王建

送人遊塞

初晴天墮絲．晚色上春枝．城下路分處，邊頭人去時．
停車數行日．勸酒問回期．亦是茫々客．還從此別離．

塞上逢故人

百戰一身在．相逢白髮生．何時得鄉信．每日算歸程．
走馬登寒壠．驅羊入廢城．羌笳三兩曲．人醉海西營．

南中

天南多鳥聲．州縣半無城．野市依蠻姓．山邨逐水名．

瘴煙沙上起。陰火雨中生。獨有求珠客。年々入海行。

汴路水驛

晚泊水邊驛。柳塘初起風。蛙鳴蒲葉下。魚入稻花中。去舍已云遠。問程猶向東。近來多怨別。不與少年同。

汴路即事

千里河煙直。青槐夾岸長。天涯同此路。人語各殊方。草市迎江貨。津橋稅海商。迴看故宮柳。憔悴不成行。

送流人

見說長沙去。無親亦共愁。陰雲鬼門夜。寒雨瘴江秋。水國山魈引。蠻鄉洞主留。漸看歸處遠。垂白住炎州。

初到昭應呈同僚

白髮初為吏。有慚年少郎。自知身上拙。不稱世間忙。

秋雨懸牆綠．暮山宮樹黃．同官若容許．長借老僧房．

醉後憶山中故人（一作故人山中）

花開草復秋．雲水自悠悠．因醉暫無事．在山難免愁．
遇晴須看月．鬬健且登樓．暗想山中伴．如今盡白頭．

過趙居士擬置草堂處所

休師竹林北．空可兩三間．雖愛獨居好．終來相伴閑．
猶嫌近前樹．為礙看南山．的有深耕處．春初須早還．

飯僧

別屋炊香飯．薰辛不入家．溫泉調葛麵．淨手摘藤花．
蒲鮓除青葉．芹虀帶紫芽．顧師常伴食．消氣有薑茶．

答寄芙蓉冠子

一學芙蓉葉．初開映水幽．雖經小兒手．不稱老夫頭．

枕上眠常戴．風前醉恐柔．明年有閏閣．此樣必難求．

冬夜感懷

晚年恩愛少．耳目靜於僧．竟夜不聞語．空房唯有燈．
氣噓寒被溼．霜入破窗凝．斷得人間事．長如此亦能．

閒居即事

老病貪光景．尋常不下簾．妻愁耽酒僻．人怪考詩嚴．
小婢偷紅紙．嬌兒弄白鬚．有時看舊卷．未免意中嫌．

林居

荒林四面通．門在野田中．頑僕長如客．貧居未勝蓬．
舊綿衣不煖．新草屋多風．唯去山南近．閒親販藥翁．

原上新居十三首 之三

長安無舊識．百里是天涯．寂寞思逢客．荒涼喜見花．

訪僧求賤藥．將馬市豪家．乍得新蔬菜．朝盤忽覺奢．

同前題 之四

雞鳴村舍遙．花發亦蕭條．野竹初生筍．溪田未得苗．
家貧僮僕瘦．春冷菜蔬焦．甘分長如此．無名在聖朝．

同前題 之五

春來梨棗盡．啼哭小兒飢．鄰富雞常去．莊貧客漸稀．
僮仆耕地晚．賣樹納錢遲．牆下當官路．依山補竹籬．

同前題 之十

住處鐘鼓外．免爭當路橋．身閑時卻困．兒病向來嬌．
雞睡日陽暖．蜂狂花豔燒．長安足門戶．疊々看登朝．

同前題 之十一

近來年紀到．世事總無心．古碣憑人搨．閑詩任客吟．

送經還野苑．移石入幽林．谷口春風惡．梨花蓋地深．

同前題 之十三

住處去山近．傍園麋鹿行．野桑穿井長．荒竹過牆生．
新識鄰里面．未諳村社情．石田無力及．賤賃與人耕．

贈洪誓師

老僧真古畫．閒坐語中聽．識病方書聖．諳山草木靈．
人來多施藥．願滿不持經．相伴尋溪竹．秋苔襯履青．

贈小尼師

新剃青頭髮．生來未掃眉．身輕禮拜穩．心慢記經遲．
喚起猶侵曉．催齋已過時．春晴階下立．私地弄花枝．

惜歡

當歡須且歡．過後買應難．歲去停燈守．花開把火看．

狂來歎酒淺・愁盡覺天寬・次第頭皆白・齊年人已殘・

昭應官舍

繞廳春草合・知道縣家閒・竹見雨遮院・臥看人上山・
避風新浴後・請假未醒間・朝客輕卑吏・從他不往還・

隱者居

山人住處高・看日上蟠桃・雪縷青山脈・雲生白鶴毛・
朱書護身咒・水噀斷邪刀・何物中長食・胡麻慢火熬・

送嚴大夫赴桂州

嶺頭分界堠・一半屬湖潭・水驛門旗出・山蠻洞主參・
辟邪犀角重・解酒荔枝甘・莫歎京華遠・安南更有南・

望行人

自從江樹秋・日々望江樓・夢見離珠浦・書來在桂州・

不同魚比目．終恨水分流．久不開明鏡．多應是白頭．

塞上

漫々復淒々．黃沙暮漸迷．人當故鄉立．馬過舊營嘶．
斷雁逢冰磧．回軍占雪溪．夜來山下哭．應是送降奚．

劉商

題禪居廢寺

凋殘精舍在．連步訪緇衣．古殿門空掩．楊花雪亂飛．
鶴巢松影薄．僧少磬聲稀．青眼能留客．疏鐘逼夜歸．

送楊開侍御拜命赴上都

賀客移星使．絲綸出紫微．手中霜作簡．身上繡為衣．
驄馬朝天疾．臺烏向日飛．親朋皆避路．不是送人稀．

陳翊

登城樓作

井邑白雲間．巖城遠帶山．沙墟陰欲暮．郊色淡方閒．
孤徑迴榕岸．層巒破枳關．寥寥分遠望．暫得一開顏．

寄邵校書楚萇

愛酒時稱僻．高情自不凡．向人方白眼．違俗有青巖．
雲際開三徑．煙中挂一帆．相期同歲晚．閒興與松杉．

劉復

雜曲

寶劍飾文犀．當風似切泥．逢君感意氣．貰酒杜陵西．

趙女顏雖少．宛駒畫正齊．嬌多不肯別．更待夜烏啼．

夕次襄邑

何處成音道．經年遠路中．客心猶向北．河水自歸東．
古戍飄殘角．疏林振夕風．輕舟難載月．非與故人同．

冷朝陽

中秋與空上人同宿華嚴寺

掃榻相逢宿．論詩舊梵宮．磬聲迎鼓盡．月色過山窮．
庭簇安禪草．窗飛帶火蟲．一宵何惜別．回首隔秋風．

宿柏巖寺

幽寺在巖中．行唯一徑通．客吟孤嶠月．蟬噪數枝風．
秋色生苔砌．泉聲入梵宮．吾師修道處．不與世間同．

送唐六赴舉

秋色生邊思．送君西入關．草衰空大野．葉落露青山．
故國煙霞外．新安道路間．碧霄知己在．香桂月中攀．

朱灣

九日登青山

昔人惆悵處．繫馬又登臨．舊地煙霞在．多時草木深．
水將空合色．雲與我無心．想見龍山會．良辰亦似今．

奉使設宴戲擲籠籌

今日陪樽俎．良籌復在茲．獻酬君有禮．賞罰我無私．
莫怪斜相向．還將正自持．一朝權入手．看取令行時．

假攝池州留別東溪隱居

一官仍是假．豈願數離羣、愁鬢看如雪．浮名認是雲．
暫辭南國隱．莫勒北山文．今後松溪月．還應夢見君．

李約

從軍行三首 其一

看圖閑教陣．畫地靜論邊．烏壘天西戍．鷹姿塞上川．
路長唯算月．書遠每題年．無復生還望．翻思未別前．

同前題 其二

柵壕三面斸．箭盡舉烽頻．營柳和煙暮．關榆帶雪春．
邊城多老將．磧路少歸人．殺盡金河卒．年々添塞塵．

于鵠

山中寄樊僕射 一作寄襄陽樊司空

卻憶東溪日．同年事魯儒．僧房閒共宿．酒肆醉相扶．
天畔雙旌貴．山中病客孤．無謀還有計．春谷種桑榆．

題宇文裒 一作裴 山寺讀書院

讀書林下寺．不出動經年．草閣連僧院．山廚共石泉．
雲庭無履跡．龕壁有燈煙．年少今頭白．刪詩到幾篇．

題鄰居

僻巷鄰家少．茅簷喜並居．蒸梨常共竈．澆薤亦同渠．
傳屐朝尋藥．分燈夜讀書．雖然在城市．還得似樵漁．

山中自述

三十無名客．空山獨臥秋．病多知藥性．年長信人愁．
螢影竹窗下．松聲茅屋頭．近來心更靜．不夢世間遊．

山中寄韋鉦（一作証）

懶成身病日．因醉臥多時．送客出谿少．讀書終卷遲．
幽窗聞墜葉．晴景見遊絲．早晚來收藥．門前有紫芝．

南谿書齋

茅屋往來久．山深不置門．草生垂井口．花落擁籬根．
入院將鶵鳥．尋蘿抱子猿．曾逢異人說．風景似桃源．

題柏（一作北）臺山僧

上方唯一室．禪定對山容．行道臨孤壁．持齋聽遠鐘．
枯藤離舊樹．朽石落高峯．不向雲間見．還應夢裏逢．

題南峯（一作終南）褚道士（一作尊師）

得道南山久．曾教四皓棋．閑門醫病鶴．倒篋養神龜．
松際風常在．泉中草不衰．誰知茅屋裏．有路向峨嵋．

贈不食姑

不食非關藥．天生是女仙．見人還起拜．留伴亦開田．
無竈尋溪宿．兼衣掃葉眠．不知何代女．猶帶剪刀錢．

送李明府歸別業

寄家丹水邊．歸去種春田．白髮無知己．空山又一年．
鹿裘長酒氣．茅屋有茶煙．亦擬辭人世．何溪有瀑泉．

題樹下禪師（一作僧）

久行多不定．樹下是禪牀．寂寂心無住．年年日自長．
蟲蛇同宿磵．草木共經霜．已見南人說．天台有舊房．

出塞（一本有曲字）

葱嶺秋塵起．全軍取月支．山川引行陣．蕃漢列旌旗．
轉戰疲兵少．孤城外救遲．邊人逢聖代．不見偃戈時．

同前題

微雪軍將出．吹笳天未明．觀兵登古戍．斬將對雙旌．
分陣瞻山勢．潛兵制馬鳴．如今青史上．已有滅胡名．

同前題

單于驕愛獵．放火到軍城．乘月調新馬．防秋置遠營．
空山朱戟影．寒磧鐵衣聲．度水逢胡說．沙陰有伏兵．

贈李太守

幾年為郡守．家似布衣貧．沽酒迎幽客．無金與近臣．
擣茶書院靜．講易藥堂春．歸闕功成後．隨車有野人．

送張司直入單于（一作送客遊邊）

若過并州北．誰人不憶家．寒深無伴侶．路盡有平沙．
磧冷唯逢雁．天春不見花．莫隨征將意．垂老事輕車．

惜花

夜來花欲盡．始惜兩三枝．早起尋稀處．閑眠記落時．
蕊焦蜂自散．蒂折蝶還移．攀著殷勤別．明年更有期．

春山居

獨來多任性．惟與白雲期．深處花開盡．遲眠人不知．
水流山暗處．風起月明時．望見南峯近．年々懶更移．

哭劉夫子

近聞南州客．云亡已數春．痛心曾受業．追服恨無親．
孀婦歸鄉里．書齋屬四鄰．不知經亂後．奠祭有何人．

溫泉僧房

雲裏前朝寺．修行獨幾年．山村無施食．盥漱亦安禪．
古塔巢溪鳥．深房閉谷泉．自言曾入室．知處梵王天．

尋李暹

任性常多出．人來得見稀．市樓逢酒住．野寺送僧歸．
簷下懸秋葉．籬頭曬褐衣．門前南北路．誰肯入柴扉．

尋李逸人舊居

舊隱松林下．衡泉入兩涯．琴書隨弟子．雞犬在鄰家．
茅屋長黃菌．槿籬生白花．幽墳無處訪．恐是入煙霞．

送遷客二首 之一

得罪誰人送．來時不到家．白頭無侍子．多病向天涯．
莽蒼淩江水．黃昏見塞花．如今賈誼賦．不漫說長沙．

同前題 之二

流人何處去．萬里向江州．孤驛瘴煙重．行人也草秋．
上帆南去遠．送雁北看愁．遍問炎方客．無人得白頭．

過張老園林（一作村園）

身老無修飾．頭巾用白紗．開門朝掃徑．輦水夜澆花．
藥氣聞深巷．桐陰到數家．不愁還酒債．腰下有丹砂．

王觀

早行

雞唱催人起．又生前去愁．路明殘月在．山露宿雲收．
村店煙火動．漁家燈燭幽．趨名與趨利．行役幾時休．

朱放

經故賀賓客鏡湖道士觀

已得歸鄉里．逍遙一外臣．那隨流水去．不待鏡湖春．

雲裏登山屐．林間漉酒巾．空餘道士觀．誰是學仙人．

秣陵送客入京

秣陵春已至．君去學歸鴻．綠水琴聲切．青袍草色同．鳥喧金谷樹．花滿洛陽宮．日々相思處．江邊楊柳風．

武元衡

江上寄隱者

歸舟不計程．江月屢虧盈．靄々滄波路．悠々離別情．蒹葭連水國．鼙鼓近梁城．却憶沿江叟．汀洲春草生．

送嚴紳遊蘭溪

剡嶺窮邊海．君遊別嶺西．暮雲秋水闊．寒雨夜猿啼．地僻秦人少．山多越路迷．蕭々驅匹馬．何處是蘭溪．

西亭題壁寄中書李相公 一作寄上中書李相公

昏旦倦興寢．端憂力尚微．廉頗不覺老．蘧瑗始知非．
授鉞虛三顧．持衡曠萬機．空餘蝴蝶夢．迢遞故山歸．

春分與諸公同宴呈陸三十四郎中

南國宴佳賓．交情老倍親．月斜紅燭淚．花笑白頭人．
寶瑟常餘怨．瓊枝不讓春．更聞歌子夜．桃李豔妝新．

夕次潘一作嶓山下

南國獨行日．三巴春草齊．漾波歸海疾．危棧入雲迷．
錦谷嵐煙裏．刀州晚照西．旅情方浩蕩．蜀魄滿林啼．

夏日對雨寄朱放拾遺

才非谷永傳．無意謁王侯．小暑金將伏．微涼麥正秋．
遠山欹枕見．暮雨閉門愁．更憶東林寺．詩家第一流．

長安春望

宿雨淨煙霞．春風綻百花．綠楊中禁路．朱戟五侯家．
草色金堤晚．鶯聲御柳斜．無媒猶未達．應共惜年華．

經嚴祕書校維故宅

掩淚山陽宅．生涯此路窮．香銷芸閣閉．星落草堂空．
麗藻浮名裏．哀聲夕照中．不堪投釣處．鄰笛怨春風．

夜坐聞雨寄嚴十少府

多負雲霄志．生涯歲序侵．風翻涼葉亂．雨滴洞房深．
迢遞三秋夢．殷勤獨夜心．懷賢不覺寐．清磬發東林．

酬韓弇歸崖見寄

惆悵人間事．東山遂獨遊．露凝瑤草晚．魚戲石潭秋．
軒冕應相待．煙霞莫遽留．君看仲連意．功立始滄洲．

送寇侍御司馬之明州

斗酒上河梁．驚魂去越鄉．地窮滄海闊．雲入剡山長．
蓮唱蒲荀熟．人煙橘柚香．蘭亭應駐楫．今古共風光．

秋晚途次坊州界寄崔玉一作五員外

崎嶇崖谷迷．寒雨暮成泥．征路出山頂．亂雲生馬蹄．
望鄉程杳杳．懷遠思悽悽．欲識分麾重．孤城萬壑西．

麴信陵

移居洞庭

重林將疊嶂．此處可逃秦．水隔人間世．花開洞裏春．
荷鋤分地利．縱酒樂天真．萬事更何有．吾今已外身．

吳門送客

亂山吳苑外．臨水讓王祠．素是傷情處．春非送客時．不須愁落日．且願駐青絲．千里會應到．一尊誰共持．

權德輿

早春南亭即事

虛齋坐清晝．梅坼柳條鮮．節候開新曆．筋骸減故年．振衣慚艾綬．闚鏡歎華顛．獨有開懷處．孫孩戲目前．

湖上晚眺呈惠上人

湖上煙景好．鳥飛雲自還．幸因居止近．日覺性情閑．獨酌乍臨水．清機常見山．此時何所憶．淨侶話玄關．

送孔江州 一作送人之九江

九派尋陽郡．分明似畫圖．秋光連瀑布．晴翠辨香鑪．

才子厭蘭省．邦君榮竹符．江城多暇日．能寄八行無．

送李城門罷官歸嵩陽城門院在遺補院東

與君相識處．吏隱在牆東．洛閑千門靜．逢迎兩掖通．
罷官多暇日．肄業有儒風．歸去塵寰外．春山樹桂叢．

送崔端公郎君入京覲省

已見風姿美．仍聞藝業勤．清秋上國路．白皙少年人．
帶月輕帆疾．迎霜綵服新．過庭若有問．一為說漳濱．

送張將軍歸東都舊業

功名不復求．舊業向東周．白草辭邊騎．青門別故侯．
摧殘寶劍折．羸病綠珠愁．日暮寒風起．猶疑大漠秋．

送句容王少府簿領赴上都

上國路綿々．行人候曉天．離亭綠綺奏．鄉樹白雲連．

江露溼征袂．山鶯宜泊船．春風若為別．相顧起尊前．

送韓孝廉侍從赴舉

貢士去翩々．如君最少年．綵衣行不廢．儒服代相傳．
曉月經淮路．繁陰過楚天．清談遇知己．應訪孝廉船．

新安江路

深潭與淺灘．萬轉出新安．人遠禽魚淨．山深水木寒．
嘯起青蘋末．吟瞻白雲端．即事遂幽賞．何心挂儒冠．

江城夜泊寄所思

客程殊未極．艤櫂泊迴塘．水宿知寒早．愁眠覺夜長．
遠鐘和暗杵．曙月照晴霜．此夕相思意．搖々不暫忘．

富陽陸路

又入亂峯去．遠程殊未歸．煙蘿迷客路．山果落征衣．

敧石臨清淺、晴雲出翠微、漁潭明夜泊、心憶謝玄暉、

題亡友江畔舊居

寥落留三徑、柴扉對楚江、蠨蛸集暗壁、蟋蟀走寒窗、
松蓋欹書幌、苔衣上酒缸、平生斷金契、到此淚成雙、

與故人夜坐道舊

笑語歡今夕、煙霞憶昔遊、清飆還對月、遲暮更逢秋、
勝理方自得、浮名不在求、終當製初服、相與臥林丘、

段文昌

題武擔寺西臺

秋天如鏡空、樓閣盡玲瓏、水暗餘霞外、山明落照中、
鳥行看漸遠、松韻聽難窮、今日登臨意、多歡語笑同、

晚夏登張儀樓呈院中諸公

重樓窗户開．四望斂煙埃．遠岫林端出．清波城下迴．
乍疑蟬韻促．稍覺雪風來．併起鄉關思．銷憂在酒杯．

羊士諤

晚夏郡中臥疾

事外心如寄．虛齋臥更幽．微風生白羽．畏日隔青油．
用拙懷歸去．沈痾畏借留．東山自有計．蓬鬢莫先秋．

寒食宴城北山池即故郡守榮陽鄭鋼目為折柳亭

別館青山郭．遊人折柳行．落花經上巳．細雨帶清明．
鶗鴂流芳暗．鴛鴦曲水平．歸心何處醉．寶瑟有餘聲．

郡樓懷長安親友

殘暑三巴地．沈陰八月天．氣昏高閣雨．夢倦下簾眠．
愁鬢華簪小．歸心社燕前．相思杜陵野．溝水獨潺湲．

楊巨源

春日有贈

堤暖柳絲斜．風光屬謝家．晚心應戀水．春恨定因花．
步遠憐芳草．歸遲見綺霞．由來感情思．獨自惜年華．

春晚東歸留贈李功曹

芳田岐路斜．脈々惜年華．雲路青絲騎．香含翠幰車．
歌聲仍隔水．醉色未侵花．唯有懷鄉客．東飛羨曙鴉．

送殷員外使北蕃

二軒將雨露．萬里入煙沙．和氣生中國．薰風屬外家．

塞蘆隨雁影．關柳拂駝花．努力黃雲北．仙曹有雜車．

同趙校書題普救寺

東門髙處天．一望幾悠然．白浪過城下．青山滿寺前．塵光分驛道．嵐色到人煙．氣象須文字．逢君大雅篇．

春雪題興善寺廣宣上人竹院

皎潔青蓮客．焚香對雪朝．竹風催淅瀝．花雨讓飄颻．觸石和雲積．縈池拂水消．只應將日月．顏色不相饒．

與李文仲秀才同賦泛酒花詩

若道春無賴．飛花合逐風．巧知人意裏．解入酒杯中．香逕勝舍露．光搖似泛空．請君回首看．幾片舞芳叢．

登寧州城樓

宋玉本悲秋．今朝更上樓．清波城下去．此意重悠々．

晚菊臨杯思．寒山滿郡愁．故關非內地．一爲漢家羞．

同薛侍御登黎陽縣樓眺黃河

倚檻恣流目．高城臨大川．九迴紆白浪．一半在青天．
氣肅晴空外．光翻曉日邊．開襟值佳景．懷抱更悠然．

秋日韋少府廳池上詠石

主人得幽石．日覺公堂清．一片池上色．孤峯雲外情．
舊溪紅鮮在．秋水綠痕生．何必澄湖徹．移來有令名．

失題

何事慰朝夕．不踰詩酒情．山河空道路．蕃漢共刀兵．
禮樂新朝市．園林舊弟兄．向風一點淚．塞晚暮江平．

令狐楚

九日言懷

二九即重陽．天清野菊黃．近來逢此日．多是在他鄉．
晚色霞千片．秋聲雁一行．不能高處望．恐斷老人腸．

秋懷寄錢侍郎

晚歲俱爲郡．新秋各異鄉．燕鴻一聲叫．郢樹盡青蒼．
山露侵衣潤．江風捲簟涼．相思如漢水．日夜向潯陽．

裴度

夏日對雨

登樓逃盛夏．萬象正埃塵．對面雷嗔樹．當街雨趁人．
檐疏蛛網重．地濕燕泥新．吟罷清風起．荷香滿四鄰．

白二十二侍郎有雙鶴留在洛下予西園多野水長松

可以棲息遂以詩請之

聞君有雙鶴．羈旅洛城東．未放歸仙去．何如乞老翁．
且將臨野水．莫閉在樊籠．好是長鳴處．西園白露中．

韓愈

宿龍宮灘

浩々復湯々．灘聲抑更揚．奔流疑激電．驚浪似浮霜．
夢覺燈生暈．宵殘雨送涼．如何連曉語．一半是思鄉．

晚泊江口

郡城朝解纜．江岸暮依村．二女竹上淚．孤臣水底魂．
雙々歸蟄燕．一一叫羣猿．回首那聞語．空看別袖翻．

木芙蓉

新開寒露叢．遠比水間紅．豔色寧相妬．嘉名偶自同．
採江官渡晚．搴木古祠空．願得勤來看．無令便逐風．

送李六協律歸荊南（朝）

早日羈遊所．春風送客歸．柳花還漠々．江燕正飛々．
歌舞知誰在．賓僚逐使非．宋亭池水綠．莫忘蹋芳菲．

題韋氏莊

昔者誰能比．今來事不同．寂寥青草曲．散漫白榆風．
架倒藤全落．籬崩竹半空．寧須惆悵立．翻覆本無窮．

閒遊二首

雨後來更好．繞池徧青々．柳花閒度竹．菱葉故穿萍．
獨坐殊未厭．孤斟詎能醒．持竿至日暮．幽詠欲誰聽．

其二

茲遊苦不數．再到遂經旬．萍蓋汙池淨．藤籠老樹新．
林鳥鳴訝客．岸竹長遮鄰．子雲祗自守．奚事九衢塵．

獨釣（或作酌）四首（之二）

一逕向池斜．池塘野草花．雨多添柳耳．水長減蒲芽．
坐厭親刑柄．偷來傍釣車．太平公事少．吏隱詎相賒．

（之三）

獨往南塘上．秋晨景氣醒．露排四岸草．風約半池萍．
鳥下見人寂．魚來聞餌馨．所嗟無可召．不得倒吾缾．

秋字

淮南悲木落．而我亦傷秋．況與故人別．那堪羈宦愁．
榮華今異路．風雨昔同憂．莫以宜春遠．江山多勝遊．

枯樹

老樹無枝葉．風霜不復侵．腹穿人可過．皮剝蟻還尋．
寄託惟朝菌．依投絕暮禽．猶堪持改火．未肯但空心．

自袁州還京行次安陸先寄隨州周員外周君巢也時為隨州刺史

行々指漢東．暫喜笑言同．雨雪離江上．蒹葭出夢中．
面猶含瘴色．眼已見華風．歲暮難相值．酣歌未可終．

雨中寄張博士籍侯主簿喜

放朝還不報．半路蹋泥歸．雨慣曾無節．雷頻自失威．
見牆生菌徧．憂麥作蛾飛．歲晚偏蕭索．誰當救晉饑．

奉和兵部張侍郎賈酬鄆州馬尚書總祗召途中見寄

開緘之日馬帥已再領鄆州之作

來朝當路日．承詔改轅時．再領須句國．仍遷少昊司．
暖風抽宿麥．清雨卷歸旗．賴寄新珠玉．長吟慰我思．

送桂州嚴大夫同用南字 嚴謨也題下載有赴任二字

蒼蒼森八桂，茲地在湘南。江作青羅帶，山如碧玉簪。户多輸翠羽，家自種黄甘。遠勝登仙去，飛鸞不假驂。

奉酬天平馬十二僕射暇日言懷見寄之作 馬總時為鄆曹濮等州觀察使軍曰天平

天平篇什外，政事亦無雙。威令加徐土，儒風被魯邦。清為公論重，寬得士心降。歲晏偏相憶，長謠坐北窗。

和僕射相公朝迴見寄 時牛李黨熾裴度介其間累遭謗讒故愈詩有高蹈之語

盡瘁年將久，公今始暫閒。事隨憂共滅，詩與酒俱還。放意機衡外，收身矢石間。秋臺風日迥，正好看前山。

贈河陽李大夫 李芃河陽節度使

四海失巢穴，兩都困塵埃。感恩由未報，惆悵空一來。

裘破氣不暖．馬羸鳴且哀．主人情更重．空使劍鋒摧．

陳羽

春日晴原野望

東風吹煖氣．消散入晴天．漸變池塘色．欲生楊柳煙．
蒙茸花向月．潦倒客經年．鄉思應愁望．江湖春水連．

湘妃怨

舜欲省蠻陬．南巡非逸遊．九山沈白日．二女泣滄洲．
目極楚雲斷．恨連湘水流．至今聞鼓瑟．咽絕不勝愁．

冬晚送友人使西蕃

驛使向天西．巡羌復入氐．玉關晴有雪．砂磧雨無泥．
落淚軍中笛．驚眠塞上雞．逢春鄉思苦．萬里草萋々．

春園即事

水隔群物遠．夜深風起頻．霜中千樹橘．月下五湖人．
聽鶴忽忘寢．見山如得鄰．明年還到此．共看洞庭春．

歐陽詹

陪太原鄭行軍中丞登汾上閣中丞詩曰汾樓秋水闊宛似到閶門惆悵江湖思惟將南客論南客即詹也輒書即事上答

并州汾上閣．登望似吳閶．貫郭河通路．縈村水逼鄉．
城槐臨枉渚．巷市接飛梁．莫論江湖思．南人正斷腸．

荊南夏夜水樓懷昭丘直上人雲夢李莘

無機成旅逸．中夜上江樓．雲盡月如練．水涼風似秋．

鳥聲聞夢澤，黛色上昭丘。不遠人情在，良宵恨獨遊。

酬裴十二秀才孩子詠

算日未成年，英姿已褎然。王家千里後，荀氏八龍先。蔥蒨松猶嫩，清明月漸圓。將何一枝桂，容易貢名賢。

旅次舟中對月寄姜公（此公丁泉州門客）

中宵天色淨，片月出滄洲。皎潔臨孤島，嬋娟入亂流。應同故園夜，獨起異鄉愁。那得休蓬轉，從君上庾樓。

除夜長安客舍

十上書仍寢，如流歲又還。望家思獻壽，算甲恨長年。虛牖傳寒柝，孤燈照絕編。誰應問窮轍，泣盡更潸然。

太原和嚴長官八月十五日夜西山童子上方玩月寄中丞少尹

西寺碧雲端．東溟白雪團．年來一夜玩．君在半天看．
素魄當懷上．清光在下寒．宜裁濟江什．有阻惠連歡．

柳宗元

酬徐二中丞普寧郡內池館即事見寄

鶺鴒念舊行．虛館對芳塘．落日明朱檻．繁花照羽觴．
泉歸滄海近．樹入楚山長．榮賤俱為累．相期在故鄉．

梅雨

梅實迎時雨．蒼茫值晚春．愁深楚猿夜．夢斷越雞晨．
海霧連南極．江雲暗北津．素衣今盡化．非為帝京塵．

劉禹錫

送趙中丞自司金郎轉官參山南令狐僕射幕府

綠樹滿褒斜．西南蜀路賒．驛門臨白草．縣道入黃花．
相府開油幕．門生逐絳紗．行看布政後．還從入京華．

蜀先主廟（漢末謠．黃牛白腹．五銖當復．）

天地英雄氣．千秋尚凜然．勢分三鼎足．業復五銖錢．
得相能開國．生兒不象賢．淒涼蜀故妓．來舞魏宮前．

金陵懷古

潮滿冶城渚．日斜征虜亭．蔡洲新草綠．幕府舊煙青．
興廢由人事．山川空地形．後庭花一曲．幽怨不堪聽．

秋日送客至潛水驛

候吏立沙際．田家連竹溪．楓林社日鼓．茅屋午時雞．
鵲噪晚禾地．蝶飛秋草畦．驛樓宮樹近．疲馬再三嘶．

城東閑遊

借問池臺主·多居要路津·千金買絕境·永日屬閑人·
竹逕縈紆入·花林委曲巡·斜陽眾客散·空鎖一園春·

初至長安 時自外郡再授郎官

左遷凡二紀·重見帝城春·老大歸朝客·平安出嶺人·
每行經舊處·卻想似前身·不改南山色·其餘事々新·

同樂天和微之深春二十首 其末首

何處深春好·春深稚子家·爭騎一竿竹·偷折四鄰花·
笑擊羊皮鼓·行牽犢領車·中庭貪夜戲·不覺玉繩斜·

到郡未浹日登西樓見樂天題詩因即事以寄

湖上收宿雨·城中無晝塵·樓依新柳貴·池帶亂苔青·
雲水正一望·簿書來繞身·烟波洞庭路·愧彼扁舟人·

八月十五日夜半雲開然後玩月因書一時之景寄呈
樂天（西樓・白居易常賦詩之所也・）

半夜碧雲收・中天素月流・開城邀好客・置酒賞清秋・
影透衣香潤・光凝歌黛愁・斜輝猶可玩・移宴上西樓・

題報恩寺

雲外支硎寺・名聲敵虎丘・石文留馬跡・峯勢聳牛頭・
泉眼潛通海・松門預帶秋・遲回好風景・王謝昔曾遊・

南中書來

君書問風俗・此地接炎州・淫祀多青鬼・居人少白頭・
旅情偏在夜・鄉思豈唯秋・每羨朝宗水・門前盡日流・

題招隱寺

隱士遺塵在・高僧精舍開・地形臨渚斷・江勢觸山回・

楚野花多思。南禽聲例哀。殷勤最高頂。閒即望鄉來。

皇甫松

怨回紇歌

白首南朝女。愁聽異域歌。收兵頡利國。飲馬胡盧河。
毳布腥膻久。穹廬歲月多。鵰巢城上宿。吹笛淚滂沱。

呂溫

送文暢上人東遊

隨緣聊振錫。高步出東城。水止無恆地。雲行不計程。
到時爲彼岸。過處即前生。今日臨岐別。吾徒自有情。

題從叔園林

院宅閒園暮．窗中見樹陰．樵歌依野草．僧語過長林．
鳥向花間井．人彈竹裏琴．自嫌身未老．已有住山心．

送僧歸漳州

幾夏京城住．今朝獨遠歸．修行四分律．護淨七條衣．
溪寺黃橙熟．沙田紫芋肥．九龍潭上路．同去客應稀．

孫望年表

孫原靖

孫望，原名孫自强，字止畺，七十歲後自號蝸叟。一九一二年西曆十一月一日（農曆九月二十三日）生於江蘇常熟縣新莊鄉（今屬張家港市）。孫望的祖父孫立瀛，號静涵，或静安，爲鄉里塾師，家庭生計全賴孫望的祖母耕種、紡織供給。祖母生兩兒兩女，孫望的父親爲長子，名紹伯，號逸園。早年在鄉當小學教員，後到蔡元培創辦的上海愛國女校執教。孫望母親倪克珍務農。家裏兄弟姊妹五人，孫望爲長子，有一姊（抗戰時病逝）、一妹、兩弟。

一九一二年—一九一八年

在鄉。

一九一八年—一九一九年

在常熟縣新莊鄉蔣橋國民小學讀初小一年級。

一九一九年—一九二〇年

改入塘橋國民小學。

一九二〇年九月—一九二六年七月

就讀并畢業於上海愛國女子中學附設小學部。

一九二六年九月—一九二九年七月

就讀并畢業於上海湖州旅滬公學初中部。在校期間，與同學組織「歲寒文藝社」，編印過一月刊。

一九二九年九月—一九三〇年二月

在蘇州省立高中肄業。在校期間，孫望組織編印詩集《非非集》，自編《文字學綱要》。

一九三〇年

二月，孫望隨父親由鄉到南京，插入省立南京中學商科一年級。在校期間，因受國文老師汪静之和章鐵民兩位先生的影響，漸嗜新文學，開始創作新詩，頗受汪先生稱許鼓勵。與同學組織「薔薇文藝社」，除了自己編印一半月刊外，還在《國民日報》上出一周刊。

一九三一年

開始嘗試寫小説，所作小説《天火》反映農村社會迷信情況，刊於《新民報·葫蘆副刊》。作短篇小説《殘年》，反映農村勞動者的生活情況，刊於《中央日報·青白副刊》。作短篇小説《樂羊子》，取材於東漢歷史故事，以刺今世社會，刊於《國民日報·薔薇文藝周刊》。

一九三二年

在省立南京中學，組織「洪荒文藝社」（原取名爲「殘渣」，後汪静之改名爲「洪荒」），在《國民日報》上編一《洪荒文藝周刊》，後編成《殘渣》新詩集，并印成叢書。

七月，從省立南京中學商科畢業。爲籌措升入大學的學費，做家庭教師，教授初中國文、英文、數學。

九月，考入金陵大學文學院，受業於黄侃、胡光煒、吴梅、商承祚、胡翔冬等先生，開始嗜好古典文學。

一九三三年

六月，與章鐵昭、陳夢家、平凡、遲巴同游玄武湖，賦詩唱和。

一九三四年

與同學程千帆以及校外友人汪銘竹、常任俠、滕剛等同人組織「土星筆會」，并出版小型期刊《詩帆》及《土星筆會叢書》。在校期間還與程千帆等人組織「春風文藝社」，借《新京日報》的副刊辦《春風周刊》。以周刊爲陣地，對國民黨文人王平陵展開鬥爭，曾化名爲蓋郁金、河上雄等，寫文進行論戰。

一九三五年

六月，出《詩帆》二卷五、六期合刊；《元次山年譜初稿》刊於《金陵大學文學院季刊》第二卷第一期上。

一九三六年

七月，爲下學期籌措學費，做家庭教師，教授英文、國文兩門課程。

九月，在滙文女中代課，講授文學概觀、國文、文學史等課程；編纂的《全唐詩補逸初稿》七卷刊於《金陵大學文學院季刊》第二卷第二期上。

十一月，與汪銘竹商議復刊《詩帆》和凡例。

一九三七年

一月，《詩帆》復刊，出版第一、二卷。

二月，發表所作文言《讀荀子天論》《書〈流通古書約〉後》論文兩篇；出版《詩帆》第三卷。

四月，出版《詩帆》第三卷第四期。

五月，日本東京鈴木虎雄教授來信對孫望的《全唐詩補逸》初稿予以高度的評價。

六月，從金大畢業。

八月，由同鄉錢昌照先生介紹到資源委

員會銻業管理處工作，并隨管理處押運貨物到長沙。

十月，在長沙兩次拜訪朱自清，并與朱自清同去拜訪聞一多先生。孫望與聞先生暢談唐詩，并説了自己的苦惱。聞先生勸慰孫望不必爲目前的用非所學而苦惱，鼓勵他用餘力研究學問，暢談中結下了忘年交。次日，聞一多先生又引見了李嘉言先生，一起交談唐代文史工作的暢想和規劃。

十二月，《詩帆》的同人紛紛逃難到長沙，來訪的有常任俠、沈紫曼、程千帆、汪銘竹等。

一九三八年

一月，在長沙拜訪徐特立先生，徐先生對青年人給予勉勵。

二月，與程千帆再次拜訪聞一多先生，暢談唐詩整理的事；宴請錢君匋、商承祚、常任俠、程千帆夫婦、汪銘竹、諸兆鳳等；在長沙青年會、銀宮電影院聽郭沫若演講；在寓所召開十幾個人的小型詩歌座談會；汪銘竹夫婦偕易大文和孫多慈來寓所，爲孫望畫速寫像，并爲汪銘竹離長沙赴銅仁而餞別。

三月，爲配合抗戰的宣傳，受《抗戰日報》主編田漢、廖沫沙之邀，與力揚、常任俠在該報的副刊上辦一詩歌周刊——《詩歌戰綫》，出第一、二、三期，孫望在該刊上發表短文《戰時詩歌的取材問題》；錢君匋爲孫望的新詩集《小春集》設計封面畫一幀。

四月，出《詩歌戰綫》第四、五、六、七期。開詩歌運動討論會；拜訪錢昌照先生；給雷石榆寫信談「詩歌大衆化」問題，刊於《中國詩壇》二卷四期上。

五月，出《詩歌戰綫》第八、九、十、十一期；每星期在長沙聖經學院開詩歌座談會。

六月，出《詩歌戰綫》第十二、十三、十四、十五期；在聖經學院開詩歌座談會，會上商討了成立「中國詩藝社」，并出《中國詩藝》單行本詩刊一事。

七月，出《詩歌戰綫》第十六、十七、十八期。因長沙被轟炸，刊物暫停出版；雖然敵機不斷轟炸，在民衆俱樂部露天茶社、孫望寓所、吕亮耕住處照常開詩歌座談會。

八月，出《中國詩藝》第一卷第一期。

十一月，十一日隨錦業管理處離開長沙赴永州，次日夜長沙大火；在永州，游愚溪朝陽洞，尋得元次山遺迹，爲作《元次山年譜》收集資料。

十二月，管理處遷至永州郊外鄉間——桃江村。

一九三九年

五月，管理處在貴州設分處，孫望調往貴州都勻。

七月，爲在都勻這樣一個與世隔絶的貧窮落後、單調貧乏、寂寥的苦縣城裏而鬱悶苦惱。

八月，在《時代精神》雜志上發表小説《幸福者》，对都勻縣城那些對於國家、對於抗日，麻木不仁、腐化荒唐的公務員，予以諷刺。

一九四〇年

四月，由都勻調往湖南晃縣錦業管理處籌開的新礦。

五月，由湖南調往重慶資源委員會總部秘書處機要科，做文書工作，爲翁文灝和錢昌照擬寫文稿和信件。

九月，參加由郭沫若主持的張曙追悼會，田漢、常任俠報告，周恩來、張西曼演講。

十一月，十二日與常任俠同去參加文化

界聯合晚會；二十四日到天官府街參加詩朗誦隊成立籌備會議，晚間與老舍、陳紀瀅、常任俠三人聚餐；參加由郭沫若主持的詩歌朗誦隊第一次會議，約十一二人。

一九四一年

一月，在重慶遇艾青，并與艾青、常任俠、林咏泉相晤合影留念。

五月，三日，接柳倩、岳虹、安娥、任鈞的聯名信，邀請孫望參加他們舉辦的第一次詩歌座談會，討論「目前詩歌的題材、形式、手法以及理論與實踐上發生的問題」；應「詩人節籌備會」之邀，參加籌備和發起詩人節的工作，并參加二十八日在天官府文化工作委員會舉行的「第一屆詩人節」；與常任俠、徐仲年共商在長沙大火中被迫停刊的《中國詩藝》的復刊計劃，决定編委由徐仲年、徐遲、袁水拍、常任俠、孫望、林咏泉組成。

六月，《中國詩藝》復刊第一期第三年六月號出版；徐遲、袁水拍因調往外埠工作，無法擔任《中國詩藝》編委。

七月，《中國詩藝》第一期在重慶出版，李廣田寫詩對《中國詩藝》復刊表示祝賀。

八月，《中國詩藝》第二期在重慶出版，郭沫若來信贊揚刊物并对所刊詩歌進行了評價。

九月，《中國詩藝》第三期，由孫望在重慶組編稿件，汪銘竹在貴陽出版。

十月，離開重慶去貴陽。

十一月，由貴陽去昆明看望女友霍焕明；在西南聯大，再次拜訪聞一多先生，并向師生介紹長沙、重慶的文藝界爲配合抗戰所開展的各種活動。

十二月，訪馮至先生，商請馮先生擔任「中國詩藝社」編委、副社長。

一九四二年

一月，由貴陽回到重慶資源委員會本部。

二月，《小春集》作爲《中國詩藝叢書》出版，因受條件所限，没能用錢君匋先生所設計的封面。

四月，與常任俠商訂《中國詩藝叢書》出版計劃；出席在重慶觀音岩召開的詩歌晚會，到會的有老舍、梅林、常任俠、柳倩、方殷、王亞平等三十多人。

七月，在中國文藝社晤徐仲年、常任俠、陳曉南、徐悲鴻諸人，并參加文藝社歡迎徐悲鴻先生的晚會。

九月，孫望辭去資源委員會的工作，應成都金陵大學中文系主任高文先生邀請前去任教，從此開始教書生涯。

一九四三年

在成都金陵大學任講師。

在成都與霍焕明結婚，住在紅瓦寺金大的簡易草房裏。與吕叔湘等十户人家爲鄰。剛到成都，生活拮据，曾做過家庭教師，爲中學批改作文及試卷，甚至於賣自製的牛肉乾來維持生活，曾作五律《成都郊居三首》描寫那時的生活。

在成都，演員張金祥、白楊來訪，并邀請孫望夫婦觀看他們演出的話劇《羅密歐與茱麗葉》。

《創作、欣賞與批評》一文發表在金陵大學出版的《斯文》第三卷第九期上。

與常任俠合編的《現代中國詩選》由重慶南方出版局出版。

一九四四年

在成都金陵大學任教。

孫望選輯的《戰前中國新詩選》，由成都綠洲出版社出版。一九八三年，江西人民出版社再版重印，認爲該詩選「反映了三十年代詩風頗爲重要的一個方面」，收入《百花文庫》。

一九四五年

在成都金陵大學任教。

七月，朱自清回成都探親，兩次走訪孫望。

九月，孫望的長子出生，名原平。

一九四六年

五月，隨金陵大學從成都遷回南京。孫望留任金大。

一九四七年

在金陵大學任教。

四月，孫望的次子出生，名原安。

五月，在金大校門口解救被國民黨警員追捕的學生。

一九四八年

在金陵大學任教。

七月，與汪銘竹、田園創辦《詩星火》詩刊，只出了一期就停刊了。

一九四九年

在金陵大學任副教授，兼國文專修科主任。

七月，應西南工作團主席邀請，參加該團的座談會。

八月，參加南京學聯的抗洪搶險隊，在

水西門外築堤壩。

一九五〇年

人民政府接管金陵大學，改名「人民金大」，孫望任教授兼中文系主任。

五月，南京市詩歌聯誼會成立，孫望任副幹事。

九月，加入中國民主同盟會，歷任宣傳委員、南京市委員會委員、江蘇省委員會委員。

十二月，在「詩歌工作者聯誼會動員大會」上作工作報告；參加「太平天國百年紀念」籌備會。

一九五一年

二月，與趙瑞蕻同赴上海文聯，商談與上海詩聯合作出版《人民詩歌》月刊，此後共出版過六期；與南京正風書店合作出版《紅旗詩叢》；被推選爲「南京市中蘇友好協會」理事。

六月，召開「詩歌工作者聯誼會年會」，由孫望作工作報告；參加南京市文聯第二屆年會，孫望被推選爲市文聯常委；文聯召開關於文藝創作問題的座談會，丁玲、馬烽、陳沂等來寧參加。

八月，被市政府聘爲文物保管委員會委員。

十二月，被中國教育工會南京市委聘爲業務研究語文組顧問。

一九五二年

一月，參加「太平天國百年紀念碑植碑典禮」。

八月，在南京大學商討學校調整合并之事。

九月，正式宣布成立南京師範學院，任命孫望爲中文系主任。與吴貽芳、馮世昌商談籌建中文系事宜，并着手建立中文系資料室。

十月，第一次召開南京師範學院中文系及語文班師生會師大會。

十一月，在南京市第六中學作「中蘇友好」的報告；在南大文藝社演講「什麼是詩」，有百餘位聽衆。

十二月，再次在南大文藝社演講「詩」的問題，聽衆比上次更多。

一九五三年

三月，接唐圭璋自長春師大來信，表示希望到南師工作，孫望當即覆信表示歡迎；查出肺部有空洞，因身體原因，呈上辭去中文系主任的報告，未果。

五月，沈祖棻來信，表示江蘇師範學院歡迎孫望去任職；發函給郭沫若先生，提出對屈原《天問》譯文的意見。

六月，因肺病到上海動手術，在病床上寫信給唐圭璋詢問調動情況。

七月，住上海公濟醫院，爲壓縮肺空洞，動手術兩次，左胸抽去肋骨六根，痛苦不堪。

八月，出院，由滬返寧，陳鶴琴院長、中文系劉開榮代主任及學生代表在火車站月臺上歡迎。

十一月，接福州大學函，希望孫望去該校任中文系主任。

十二月，陳鶴琴、縱翰民兩院長來寓所，請孫望不要擺脱系主任的行政事務。

一九五四年

四月，致余冠英先生函，對余先生所選《樂府詩選》中的注釋提出八條意見。

八月，孫望的女兒出生，名原靖。

九月，在中華劇場演講「談中國第一部詩歌總集——《詩經》」，聽衆約一千三百多人；參加江蘇省第一屆文代大會。

十月，南師中文系古典文學小組舉行第一次科研報告會，孫望作「關於屈原主導思想的研究」的報告。

十一月，參加由南大、南師兩校古典文學組舉行的「紅樓夢研究」座談會。

一九五五年

三月，出席省文聯文藝理論學習召集人會議。

四月，與唐圭璋一起陪同浙江師範學院的夏承燾先生參觀南京圖書館八千卷樓善本書庫。

五月，參加教育廳召開的系科調整會。

六月，被選爲南京市政協第一屆委員會委員。

七月，開始批判胡風集團，第一階段動員、學習、批判，第二階段聯繫實際，展開鬥爭，每人自我檢查。

八月，爲院系調整，赴蘇州與江蘇師院商談中文系合并調整之事，以及合并後的課程安排、書籍調運等事宜。

九月，迎接江蘇師院調整過來的十三位教師，并分别拜訪了各位教師。又歡送南師調往蘇州的教師。

十月，參加高教團委主辦的朗誦會，會上孫望發表了演講。

一九五六年

三月二十一日至四月十八日，與陳鶴琴、高覺敷、秦宣夫等到北京參加全國高等師範教育會議。會議期間，孫望先後拜訪了錢昌照、力揚、艾青、方殷、丁寧等老友，并十二次到琉璃廠，爲中文系定購了一批古籍書，購買了一批拓片、甲骨片，一件六朝人寫的經卷、兩件唐人寫的經卷以及一批珍貴的文物。所購的三個敦煌經卷現是南師鎮校之寶。

七月，參加文聯召開的「百家争鳴，百花齊放」座談會；參加高考閲卷，任語文組組長；審閲劉開榮《唐代小説研究》文稿。

八月，《元次山年譜》由新文藝出版社出版；接待會晤北京作協及好友力揚來寧訪問；爲文聯評閲胡小石、陳瘦竹、吴白匋、陳遼等十五位的評奬文章；爲紀念魯迅、配合教學，率中文系師生一百三十人到紹興、上海參觀訪問魯迅的故居。

十月，與傅抱石等到機場歡迎由蕭乾陪同來寧訪問的民主德國作家斯托克和詩人瑪烏爾，陪同游覽中山陵。

一九五七年

二月，《元次山年譜》修訂本由上海古典文學出版社出版。

五月，到北京師範大學參加全國師範院校會議。

六月，兩次呈陳鶴琴、縱翰民、高覺敷三位院長，請求辭去系主任職務，并自感因長期忙於行政事務，學術荒疏，已達不到三級教授的水準，請求將三級教授降爲四級教授，後三位院長到寓所做説服工作，未予以批准；接待、陪同來寧訪問的加拿大詩人華萊士；到清江、淮陰、淮安、漣水、揚州等地的中學看望實習的學生，并聽課。

七月，反右鬥争展開，終日忙於開學習會、座談會、鬥争會。

八月，接待、陪同來寧訪問的巴西詩人謝爾·坎普斯。

一九五八年

一月，第三次提出辭退行政職務請求，仍未果。

十月，民盟中央史良主席來南師與全體盟員開座談會，孫望致歡迎詞。

一九五九年

因胃穿孔，手術切除五分之四的胃。

一九六〇年

被推選爲中國作家協會江蘇省分會委員。

三月，校注的《元次山集》由中華書局出版。

八月，作爲民盟江蘇省代表赴北京參加各民主黨派的中央擴大會議。二十二日，受到中共中央領導的接見，并與毛澤東、劉少奇、周恩來、朱德、陶鑄等領導合影留念。

一九六四年

完成上海古籍出版社所約的《韋應物集系年校注》書稿，還待最後整理便可出版。

九月，被選爲第三屆江蘇省人民代表大會代表，此後歷任第四、五、六屆省人民代表大會代表。

一九六五年

二月至七月，被派往上海嘉定外岡華東社會主義學院學習。

四月，隨社會主義學院到太倉浮橋和常熟勞動、參觀訪問。

一九六六年

四月，在文聯召開的座談會上作題爲《談談「關於〈海瑞罷官〉」的自我批評》的發言。

一九六七年

九月，隨南師中文系教師在句容分部農場收棉花。

一九六八年—一九七〇年

在句容分部農場勞動。

一九七一年

二—六月，生胸膜炎，痛苦不堪，作爲「牛鬼蛇神」只能在家醫治。

六月，回句容農場勞動。

一九七二年

五—十二月，在中文系資料室勞動。

一九七三年

在中文系資料室勞動。

三月，從資料室調至古典文學組，參加《中國古代文學》教材上册的編寫小組。

七月，校閲洪橋所譯的魯迅《摩羅詩力説》，提意見八十餘條。

十一月，宣布恢復孫望的教授名譽。

一九七四年

一月，審閲葉百滿所譯的魯迅《人之歷史》《科學史教篇》《文化偏至論》。

二月，審閲《辭海》修訂詞條。

六月，參加省委宣傳部召開的法家著作注釋工作會議，擔任韓愈《原道》、柳宗元《非國語》的注釋工作。

九月，輔導梅山鐵礦的工人注釋《非國語》。

十月，與鐵路局的七位工人師傅組成注釋陳亮詩文的小組。

十二月，審閲《紅樓夢詩詞譯注》，并提修改意見。

一九七五年

一—三月，審閲《李賀詩選注》并提意見。

四月，爲鐵路局工人師傅講解陳亮的《甲辰答朱元晦書》。先後到杭州、上海、蘇州參加陳亮詩文選注討論會。

八—十二月，在江蘇飯店參加《李賀詩注》審稿工作。

一九七七年

一月，爲南大所注釋的魯迅《集外集拾遺》審稿。

四—五月，程千帆夫婦攜外孫女從武漢來南京歡聚。

六月，閲周勳初《高適年譜》稿，并提意見。

七月，爲張文心（國民黨將軍張治中之弟）所撰的《七十年來回憶録》提意見二十二頁。

十月，被聘爲南師學術委員會委員。

十二月，作爲老教師代表在南師舉行的科學研究學術報告會開幕式上發言；參加第五届省人民代表大會。

一九七八年

七月，院黨委决定恢復孫望的中文系主任的職務，孫望力辭未果。

九月，與唐圭璋共同帶唐宋文學碩士研究生六人。

十月，修訂《全唐詩補逸》稿，又增收一百五十多首。

一九七九年

二月，爲江蘇人民出版社審閲《唐宋詞百首譯注》稿。

三月，參加省政協在中山陵舉辦的「詩會」；參加省作協的創作會議。

四月，審閲吴汝煜的《劉禹錫》書稿，并提意見；參加《鍾山》雜志編委會會議。

五月，參加省文聯理事會，被推選爲第四屆全國文代大會代表，參加省作協理事會。

八—十月，因心臟病住院。

十月二十八日—十一月十八日，在北京參加全國第四次文代大會，會議期間，與許多老友學者會面，包括四十多年前的老師汪静之。民盟中央委員會宴請了參加文代大會的盟員。大會組織了詩歌朗誦會，會後與鄧穎超、王震等中央領導合影留念。會議期間，孫望爲南師中文系即將召開的「現實主義研討會」，邀請了孔羅蓀、鄧友梅、劉真、劉賓雁等作家到南師与會。

十二月，參加第五届省人民代表大會。

一九八〇年

四月，參加江蘇省第四届文代大會及第四届文聯大會；在省作協大會上，孫望致開幕辭，并被推選爲中國作家協會江蘇省分會副主席及常務理事。

五月，中國社科院文研所鄧紹基所長來寧談國家重點專案多卷本文學史一事，希望由南師大孫望領頭承擔宋代文學史部分。

六—九月，因心臟病先後住一二五軍區醫院、軍區總醫院，又轉上海治療。

十一月，評閲姚澄宇、鄭异之、吴調公、金啓華等十位教師晋職論文二十篇。

十二月，參加江蘇省高校語文研究會成立大會，當選爲副會長，在閉幕式上致辭。

一九八一年

一月，爲郁賢皓的《李白叢考》一書作序；參加省作協常務理事會，商討擬定《雨花》《青春》《鍾山》三雜志的計劃；向院黨委遞交「退休報告」和辭去中文系主任的報告。

三月，經省高教局批准，同意孫望辭去

中文系主任的職務，爲中文系名譽主任；爲《宋代文學史》組織編寫班子。

三月三十日—四月七日，參加省第五届人民代表大會第三次會議。

五月，寫信給省社科聯，建議將《群衆論叢》刊名改爲《江海學刊》。

九月，正式接收教授日本高級進修生阪田新的任務。

十一月，評閱南大研究生徐有富的論文十三萬字。

一九八二年

二月，參加《江海學刊》編委會會議；參加江蘇省語言文學教學研究會會長會議；參加《研究生畢業論文》選稿審稿工作。

三月，提交第五届省人民代表大會「關於保護文物古迹」的提案。

四月，參加省作協理事會及《雨花》雜志的評奬委員會會議；參加全國大學語文教學研究會首届年會；參加南師學士、碩士、博士學位授予條例修訂的會議。

五月，到西北大學參加「唐代文學研究會」成立大會，被推選爲理事；評閱郭元群的《柳宗元》稿。

六月，一—十日參加教育部召開的碩士研究生工作會議；《蝸叟雜稿》一書由上海古籍出版社出版；審閱陳美林《吴敬梓傳》書稿；與程千帆、阪田新等商討《日本漢詩選評》的編撰。

七月，《全唐詩外編》由中華書局正式出版；二十八日—八月十日，參加江蘇省高等學校中文教學研究會暑期講習會，孫望致開幕辭和閉幕辭。

九月，爲施蟄存的碩士研究生李宗爲、陳文華評閱論文，并赴上海華東師範大學主持論文答辯。

十月，參加江蘇省高校語言文學教學研究會年會并致開幕辭，作《略談昭明文選》學術報告。

十二月，評閲郁賢皓、潘君昭晉職論文。

一九八三年

二月，參加省作協理事會，商討出版公司與文聯的分合及體制改革等問題。

三月，評閲盛思明、許汝祉、錢小雲、曹濟平、潘君昭等的晉職論文。

四月，參加江蘇省第六届人民代表大會，孫望提交「籌建南京文學院」的提案。

六月，六—十四日參加中國社會科學院在南師召開的《宋代文學史》編寫審稿會議，計四十餘人參加。審閲《宋代文學總論》(下)、《南宋前期詞人》(下)。

八月，評閲南大吴新雷論文兩篇；在民盟省委開籌建「南京業餘文科大學」的會，被推選爲召集人，并起草計劃報送高教局轉報教育部備案。

九月，參加省作協召開的江蘇省的全國作協會員大會。

十一月，參加中文系新舊領導班子交接會，孫望仍任中文系名譽主任。

一九八四年

一月，參加省作協理事會，討論文聯從作協中獨立出來和詩叢刊籌備等工作。

三月，開《宋代文學史》編寫工作會，校領導宣布仍由孫望任主編，金啓華、曹濟平任副主編，唐圭璋任顧問。

五月，審閲阪田新的《談詞漫語》譯稿。

六月，參加江蘇省第六届人民代表大會第二次會議；參加《鍾山》編委會擴大會議；沙洲縣縣志編纂委員會聘請孫望爲該會的顧問。

七月，爲南大莫礪鋒評閲博士學位論文；到民盟省委商討籌建「南京業餘文科大學」一事。

八月，九—二十日應日本「東洋文化振興會」的邀請，到日本名古屋進行爲期十天的訪問。正值「東洋文化振興會」成立三十周年，孫望在紀念大會上的講話受到日本學界的好評。

十一月，參加江蘇省作協常務理事會會議，討論機構改革及人事安排。

十二月，參加江蘇省寫作學會成立大會，被推選爲名譽會長。

一九八五年

一月，評閲卞孝萱晋職論文三篇；參加南師大的金大校友會，被推選爲校友會會長。

三月，評閲南師陳美林、王星琦、趙生群、常國武，南大郭維森，杭州師範學院李繼芬等教師的晋職論文。

四月，參加《清詩紀事》編寫討論會；參加由全國作協主持召開的報告文學、中短篇小説授獎大會；參加省文聯的會議，討論出席第五届全國文代大會名單；被校領導任命爲南師大校學銜試點領導小組文科組組長。

五月，參加省第六届人民代表大會第三次會議，并爲主席團成員。

六月，到寧海中學參加南京業餘文科大學第一次校長會；參加楹聯學會江蘇分會成立大會，被聘爲顧問；被聘爲江蘇省高校古籍整理領導小組顧問。

九月，評閲楊海明、鍾陵晋職論文及郁賢皓晋職著作《唐刺史考》。

十一月，評閲揚州師範學院王小盾等三位的博士學位論文。

一九八六年

一月，參加中國作協江蘇分會會員大會并致開幕辭。

二月，被聘爲「聞一多學術研究會」名譽理事。

三月，參加江蘇省詩詞協會籌備會。

四月，參加省第六届人民代表大會第四次會議預備會及主席團會議。

五月，審閲《元和姓纂》整理稿；參加「紅樓夢大型資料庫系統」鑒定會。

七月，參加江蘇省詩詞協會成立大會，被選爲名譽會長。

十月，與中國社科院的鄧紹基等商討《宋代文學史》的通稿。

一九八七年

四月，用文言寫《重修太白樓記》，該文後被刻石立碑於采石磯太白樓；參加省人民代表大會及主席團會議，會議期間，請匡亞民、斯霞等教育家爲南京業餘文科大學申請建校基地簽名支援；到中山陵東郊賓館拜會錢昌照等同鄉前輩。

六月，審閲《全唐文選注》稿。

七月，審閲《元和姓纂》整理稿；與一九五七級畢業生十六七人在寓所歡聚暢談。

八月，孫望省六届人大提案收到答覆的有三件。提案一「建議建造古籍大樓」，答覆：由省計委批准投資，并選址在清涼山。提案二「建議擴大南京圖書館，并劃出建設所需的用地」，答覆：因投資無着落尚無考慮。提案三「建議在長江路 292 號籌建近代史博物館」，答覆：在近期内很難做到。

九月，南京業餘文科大學每周校務會改在孫望家中召開。

十一月，被中華詩詞會聘爲顧問。

一九八八年

一月，評閱南大蔣寅博士學位論文兩册。

二月，向民盟中央主席高天彙報南京業餘文科大學的辦學情況。

三月，《日本漢詩選評》由江蘇古籍出版社出版；計劃與常任俠合編《〈詩帆〉詩選》，孫望選出一百五十四首詩；審閱尤振中的《昌穀詩評》。

四月，審閱中國社科院楊柳的《駱賓王傳》。

五月，爲南京業餘文科大學學生指導論文三篇；參加金陵大學建校一百周年紀念大會。會上孫望提出希望恢復金陵大學的校名。

九月，參加《中華大典》編纂出版會議。

十二月，參加南京業餘文科大學建校四周年暨首届畢業生畢業典禮。

一九八九年

一月，審閱《唐詩大辭典》。

三月，審閱潘百齊編撰的《全唐詩精華分類集成》書稿。

五月，爲《吕亮耕詩集》寫前記。

六月，參加江蘇省首届中學生作文大賽評獎和頒獎會。

七月，張家港市人大發函，邀請孫望次年春天訪問張家港市。孫望已有二十多年没回家鄉，欣然答應。

九月，審閱《宋代文學史》稿共九章；參加《中華大典》編纂會議。

十月，審閱《宋代文學史》稿四章及北宋後期文學概况和總論部分；寫《江蘇風物叢書·張家港卷》「序」；因骨質增生，坐骨神經痛，整日坐卧不寧。

十二月，寫《宋代文學史》書面意見；

寫《全唐文》標點部分的書面意見。

一九九〇年

三月，仍審閱《宋代文學史》稿；坐骨神經痛復發，卧床不能起。

四月，評閲王兆鵬、肖鵬的博士學位論文兩部。

五月，在寓開南京業餘文科大學校務例會；二十八日參加江蘇省詩詞協會第二届會員大會。

六月一日，下午正在家中評閲肖鵬的博士學位論文，用朱紅的蠅頭小楷寫着評語，兩位一九五〇年代南師中文系畢業的學生，爲晋升職稱需要請孫望寫一書面證明。正當孫望坐在書桌前邊考慮邊書寫時，突然筆從手中落下，頭痛萬分，突發急性腦溢血，急送省人民醫院，搶救無效。

後記

孫原靖

父親孫望生前曾有個願望，想編一本《唐五言近體詩選》。這一想法是他二十世紀三十年代在金陵大學讀書時產生的。就讀時，業師胡小石先生講唐詩課程所用的讀本，是自己選編的《唐詩絶句集》。父親十分欽佩和喜愛，從那時起就萌發了也按照自己喜好來選輯唐詩的想法。在金大求學期間，父親便開始唐代文學的研究，《元次山年譜》《全唐詩補逸》《〈篋中集〉作者事輯》等著述，都是那期間撰寫刊出的，并受到學界的好評。大學畢業時，正值抗戰開始，好不容易在資源委員會找了份統計工作，深感與學業毫不相干、工作枯燥無味，工餘時更加關注古典文學的研究。此間他一度擔任過資委會委員長錢昌照先生的秘書，雜事繁多，趁工作空隙，利用有限的條件抄録些詩詞。在資委會時，父親還曾做過錦礦運輸的押運工作，在途經永州湘江時用心尋覓柳宗元和元結的足迹，親臨體驗了詩人作品的意境，購買了元次山等人的拓片。他堅持搜羅新資料，不斷完善已發表過的文章，日後重新修訂出版《元次山年譜》時，他在自序中就講述到這段經歷：「中經寇禍，奔走江湖；過浯溪而觀摩崖巨刻，溯瀟湘而尋朝陽遺迹；……偶有所獲，輒注眉端；積之七歲，增補之事無慮過半；……諸凡史傳碑記及諸家文徵之有悖誤者，悉爲勘正。」他的學問就是這樣在日常一點一滴中日積月累攢起來的。

陵谷滄桑，時移世變。雖命運多舛，歷經坎坷，但父親選輯唐五言近體詩的癡心不減，直到猝然辭世。從父親留下的各種信箋、稿紙中，可以窺見他搜集唐五言近體詩的點滴歷程。一九八一年三月，經省高教局批准，同意他辭去擔任了近三十年的南師中文系主任的職務，從此雖是名譽主任，但可以省去許多日常繁瑣的行政工作，可是教學與審閱論文、書稿的任務依然十分繁重。那時他的身體極差，心臟病頻發，經常坐骨神經痛得不能起床。一直拖延到一九八八年七月才下决心開始編輯謄抄多年所録的唐五言近體詩。我在整理他的遺物時發現了這部手稿，他工工整整地抄了七卷，裝訂成三本。詩選共計選了一百五十八位詩人，一千零九十二首五言詩，編有目録和篇目。直至一九九〇年六月一日去世時，只有篇目没有全部完成，其後由我們續編完整。

當我將手稿送與商務印書館時，他們慨然允諾可以影印。雖然父親没來得及用蠅頭小楷抄録，用的是蘸水筆抄的，不知寫壞了多少筆尖，就這工整的鋼筆字迹也可見父輩們做學問嚴謹而不苟的態度。在父親這部手稿付梓之際，要感謝史雙元老師，他遠居澳洲正爲傳播普及中國傳統文化忙碌不休，感謝他能從百忙中撥冗爲該書撰寫序言。感謝商務印書館南京分館的編輯盡心盡責，追求盡善盡美。還要感謝南師大文學院黨政領導的大力支持和贊助。感謝助力促進達成父親遺願的所有親朋好友，有你們的支持和努力，父親的遺稿才得以順利出版。

圖書在版編目（CIP）數據

唐五言近體詩選 / 孫望編 . -- 北京 : 商務印書館 ,
2024. -- ISBN 978-7-100-24079-6

Ⅰ . I222.742

中國國家版本館 CIP 數據核字第 20244AR224 號

唐五言近體詩選

孫望　編

商　務　印　書　館　出　版
（北京王府井大街 36 號　郵政編碼 100710）
商　務　印　書　館　發　行
江蘇鳳凰數碼印務有限公司印刷
ISBN　978-7-100-24079-6

2024 年 8 月第 1 版　　開本 787 × 1092　1/16
2024 年 8 月第 1 次印刷　　印張 24

定價：198.00 元